Servus

ROBERT TSCHÖP

Servus

22 Episoden

Bibliografische Information der Deutschen Nationalbibliothek:
Die Deutsche Nationalbibliothek verzeichnet diese Publikation in der
Deutschen Nationalbibliografie; detaillierte bibliografische Daten sind im
Internet über dnb.dnb.de abrufbar.

© 2022 Robert Tschöp
Satz, Umschlaggestaltung, Herstellung und Verlag:
BoD – Books on Demand, Norderstedt
ISBN 978-3-7562-8849-6

Inhalt

Eine leise Geschichte

Wir, meine Eltern, mein Bruder Wolfgang und ich, wohnten in Kurort Gohrisch, einem Dorf mit etwa tausend Einwohnern in der Sächsischen Schweiz. Meine Eltern waren 1946 Vertriebene aus dem Sudetenland. Nach relativ kurzer Zeit hatten sie die Integration einigermaßen geschafft. Einigermaßen deshalb, weil ich aus den Berichten meiner Mutter weiß, dass sie, als der Hunger damals über alle Maßen groß war und sie und andere in der Nacht auf das abgeerntete Kornfeld des Dorfes gingen, um nach ein paar übrig gebliebenen Ähren zu suchen, vom Bauern des Feldes mit der Peitsche vertrieben wurden.

In diese Zeit war ich hineingerutscht. Heißt: Statt eines geplanten Sudetendeutschen war also mit mir ein Sachse geboren. Und ich habe mich, ehrlich gesagt, als solcher stets bestens gefühlt. Selbst der Dialekt, der Nichtsachsen eher zum Verachten als zum Schmunzeln bringt, wurde mir angeboren, und ich beherrsche ihn bis heute prächtig. Schließlich wuchs ich hier auf. Mit sieben kam ich in die Schule.

Neun Jahre mag ich gerade gewesen sein. Mein Vater lag seit Wochen schon wegen seiner Lungen-Tbc in einer Heilanstalt. Mutter, mein fünf Jahre älterer Bruder und ich waren an einem Wintersonntag auf dem Heimweg von der fünf Kilometer entfernten, im Bielatal liegenden katholischen Marienkirche des Städtchens Königstein.

Über Nacht hatte es viel Neuschnee gegeben, und es war bitterkalt. Unbarmherzig zwackte eisiger Wind durch die mäßig warme Kleidung. Mit Gedanken an die bald warme Stube daheim, versuchten wir mit flotten Schritten dem Frost ein wenig zu entkommen.

Wir hatten Königstein bereits verlassen und befanden uns in halber Höhe der steilen Straße durch den Wald. Da vernahmen wir leises, ganz leises jämmerliches Piepsen. Wir blieben stehen, hoben die Köpfe, lauschten und gingen auf das Jammern zu. In einer Schneewehe am Straßenrand hockte ein Sperling, der offenbar zu entkräftet zum Fliegen war.

Tatsächlich gelang es uns, den halb erfrorenen Sperling lebendig nach Hause zu bringen.

Entgegen dem sonstigen sonntäglichen Rhythmus fielen die Küchenarbeiten für das Mittagessen aus. Stattdessen hockten wir drei wie gebannt um den mit glänzenden Messingstäben gefertigten Vogelkäfig, den mein Bruder eilig auf dem Dachboden aufgestöbert hatte. Wie ein kleiner orientalischer Palast ist er mir in Erinnerung, mit seinen quadratischen Glasplatten an zwei Seiten, in die feine Blumenornamente ziseliert waren.

Mit halb geschlossenen Augen hockte unser Sperling da. Unbeweglich. So, wie mein Bruder ihn behutsam hineingesetzt hatte.

Unser eindringliches Zureden, unser leises Flehen, er möge etwas von dem hingestreuten Vogelfutter aufpicken, blieb ohne jeden Erfolg. Er fraß nicht. Er trank nicht.

Mittlerweile knieten wir um den Tisch, spürten nicht die Unebenheiten der Holzdielen, die durch den dünnen, grünen Linoleumbelag in unsere Knie drückten.

Schon die geringste Bewegung des armen Geschöpfs ließ uns noch mehr erstarren und uns flüstern: Jetzt!

Endlich, nach über einer Stunde, öffnete unser Sperling seine Augen, sah er uns groß an – und war tot.

Reglos, wie erstarrt, verharrten wir noch eine Weile.

Dann erhob sich Mutter und machte sich am Küchenherd zu schaffen.

Unglaubig starrte ich auf das braungraue Gefieder unseres kleinen Freundes.

Derweil war mein Bruder verschwunden und kam bald darauf mit einer leeren Zigarrenkiste und etwas Heu wieder. Er nahm das Heu und bettete es in die Kiste, legte den toten Sperling behutsam in seinen kleinen Sarg und bedeckte ihn mit dem restlichen Heu. Um ihm ein würdevolles Begräbnis zu geben, nagelte ich den Deckel mit vier kleinen Nägeln und dicken Tränen zu.

In einer Ecke im Garten unter einem Apfelbaum scharrten wir den Schnee beiseite und erzwangen im hart gefrorenen Erdreich ein Loch. Da hinein senkten wir den Sperlingssarg, bedeckten ihn mit Erde und Schnee, und wir waren fest überzeugt, dass seine kleine Vogelseele auch dank unseres kurzen Gebets schnurstracks dem Vogelhimmel zuflattern würde.

Die Lederhose

Mit zehn Jahren war ich aus meiner kurzen Lederhose endgültig herausgewachsen. Nichts wurde von uns Dorfjungen vom Frühjahr bis Herbst lieber getragen als diese Hose. Eine geniale Erfindung! Mit breiten Hosenträgern am Körper gehalten, kam uns dieses Kleidungsstück auf unseren Streifzügen und Kraxeleien im Elbsandsteingebirge ideal entgegen. So auch beim Durchzwängen des Geästs beim Pilzesuchen, beim Hinhocken am Gesträuch während des Heidelbeersammelns oder einfach nur beim Stromern und Spielen im angrenzenden Wald in meterhohem Farn, beim Besteigen von Bäumen und beim Hausen in Höhlen. Wie oft wären wir doch beim Tragen einer dünnen Stoffhose – Jeans gab es damals noch keine – mit einem Riss oder Loch darin nach Hause gekommen. Von Kratzern und Schürfwunden abgesehen. Nichts dergleichen ließ die Lederhose zu. Und noch eine vollkommen andere nicht zu unterschätzende Hilfe hielt sie parat: Ihr circa fünf Zentimeter breiter Umschlag am Oberschenkel bot die einzigartige Möglichkeit, ihn als Versteck für einen Spickzettel zu nutzen, darauf vielleicht Namen oder Jahreszahlen zu schreiben. Natürlich wussten die Lehrer von dieser Art Mogelei. Deshalb hieß es größte Vorsicht walten zu lassen, wenn man den Hosenumschlag zu gegebener Zeit möglichst unauffällig herunterklappte.

Nun also wurde zu meinem zehnten Geburtstag mein sehnlichster Wunsch erfüllt, und ich konnte nicht schnell genug in die neue Hose steigen. Voll Stolz präsentierte ich meinen Eltern dieses hellgraue Meisterstück aus Wildleder. Überglück-

lich drehte ich mich hin und her, klopfte mit beiden Händen entzückt auf meinen Hintern. Wirklich, prachtvoll saß sie und passte, wie eine Lederhose eben passen musste. Die alte, zu kleine, dunkel glänzende hob meine Mutter vom Fußboden auf und brachte sie fort.

Ach, hätte ich mich einige Tage später bloß nicht an den einmal von Mutter mehr unbedacht geäußerten Satz erinnert: Eine richtige Lederhose muss dunkel und speckig sein! Dieser Satz gab mir zu denken, denn meine war noch immer hell und sauber.

Was tun? Um meiner Mutter eine Freude zu bereiten, marschierte ich geradewegs Richtung Wald, wo es einen hübschen Abhang zwischen hohen Kieferbäumen gab. Dort setzte ich mich hin und rutschte die gut zehn Meter hinab. Wieder und wieder. Um mein Resultat zu begutachten, zog ich die Hose aus, begutachtete das tiefschwarze Hinterteil und war äußerst zufrieden. Dunkel war sie nun. Der Glanz würde im Laufe der Zeit dazukommen.

Voll Freude rannte ich nachhause und traf Mutter im Garten am Schuppen an. Freudestrahlend kam ich ihr entgegen und drehte mich stolz in Erwartung ihres Lobes um. Noch ehe ich mich versah, hatte sie mich mit einem lauten Aufschrei gepackt, mich übers Knie gelegt und mir laut schimpfend mit der Hand den Hintern versohlt. Zutiefst erschrocken ließ ich mir die Schläge gefallen. Aber ich verstand Mutter nicht und überlegte. Offenbar hatte ich etwas sehr Schlimmes getan, denn noch nie hatte ich sie so wütend erlebt.

Allein, dank des Leders hatte ich die Schläge kaum gespürt und hatte größte Mühe, nicht lachen zu müssen. Als Mutter von mir abließ und davonging, tat sie mir fast ein wenig leid, denn ich sah, wie sie sich intensiv die Hände rieb, weil ihr diese wohl arg zu brennen schienen.

Kilometersteine

Nahten die Sommerferien, war ich glücklich. Durfte ich doch diese seit Jahren bei meinen Großeltern, den Eltern meines Vaters, verbringen. In Cammin. Einem mecklenburgischen Dorf, wie man es sich nur als Klischee vorzustellen vermag. Rund dreißig Kilometer südlich von Rostock gelegen. Vorwiegend reetgedeckte gelbe und rote Backsteinhäuser. Landwirtschaft ringsum, weite, leicht hügelige Wiesen und Felder, zwischen Graskoppeln kleinere und größere Seen, Moore in den angrenzenden Wäldern. Die Straße mit ihren rot, blau und grau gepflasterten Granitsteinen, deren Oberfläche durch die eisern beschlagenen Räder unzähliger Fuhrwerke in mehreren Jahrhunderten glatt gefahren war, endete hier in Cammin.

Zum vom Forstbetrieb gepachteten Haus meiner Großeltern gehörten ein Stallteil, eine eigene eiserne Wasserpumpe mit gebogenem Schwengel, ein Holzschuppen, sowie ein Gemüsegarten mit Bohnen-, Tomaten- und Gurkenanbau für den Eigenbedarf. Selbst eine Fläche für Kartoffeln besaßen meine Großeltern nebst einem kleinen Obstgarten mit Kirsch- und Apfelbäumen, mit Johannisbeer- und Stachelbeersträuchern. Vor dem Haus beherrschte ein mächtiger Pflaumenbaum den Eingangsbereich. Um ihn herum hatte Großmutter Blumen für jede Jahreszeit angepflanzt. Großvater war als Waldarbeiter angestellt, Großmutter bewerkstelligte den Haushalt, machte die Gartenarbeit und kümmerte sich um das Vieh: Um die Kuh Janka, das Schwein Vaclav, um Ziegenbock Richard, um die Hühner und um die Katze Schnurri. Letztere versorgte natürlich ich während meiner Besuchszeit. Aber das ist eine andere Geschichte...

Der Spruch meines Vaters: Wenn die Welt untergeht und du in Mecklenburg wohnst, lebst du noch einhundert Jahre. Auf Cammin bezogen, schien dies wohl zu stimmen.

Um die zwölf oder dreizehn mag ich gewesen sein, als wir uns wieder von meinem Heimatdorf Kurort Gohrisch auf die Fahrt in diese Idylle machten. Mein Vater und ich.

Nach einer knappen Stunde waren wir, vom Königsteiner Bahnhof kommend, in Dresden angekommen. Um die Zeit bis zum Einlaufen des D-Zuges nach Rostock zu überbrücken, bummelten wir durch den beeindruckend großen Hauptbahnhof.

An einem Zeitungsstand kaufte mir Vater zu meiner großen Freude die neueste Ausgabe der Kinderzeitschrift „Fröhlich sein und singen".

Als sich der Zug in Bewegung setzte, blickte ich aus dem Fenster, sah die Häuser und Gärten vorbei fliegen, und die Erinnerung an meine am Königsteiner Bahnhof zurückgebliebene, weinende Mutter wurde allmählich blasser und blasser. Ich sah zurück und sah nach vorn. In Cammin würde ich meine beiden Freundinnen Margit, ein Jahr älter als ich und Margrit, ein Jahr jünger als ich, wieder treffen. Meine beiden Spielkameradinnen. Seit Jahren kannten wir uns schon…

Faszinierend verfolgte ich beim Schauen aus dem Zugfenster die Leitungen der dünnen, dunklen Telefonkabel, die von Mast zu Mast auseinander zu driften schienen, um sich zum nächsten Mast hin zu vereinen, als wollten sie sich nach einem kurzen Kuss wieder vereinen, um sich dann erneut zu trennen und um dann wieder Anlauf zu nehmen. Ein scheinbar schier endloses Liebesspiel.

Nach einer Weile ließ ich mich in meinen Sitz zurückfallen und widmete mich meiner Kinderzeitschrift.

Knapp eine halbe Stunde später griff mein Vater nach meinem Arm und deutete aus dem Fenster auf die vorbeihuschenden weißen Steine mit den schwarzen Zahlen: 22,4 dann 22,6 , dann 22,8, 30,0… Das sind Kilometersteine, erklärte er mir und fuhr fort:

Wenn man die Zeit zwischen den Steinen von einem Kilometer bis zum nächsten stoppt, kann man ausrechnen, wie schnell der Zug fährt, also die Stundenkilometer errechnen.

Ich nickte ihn verständnisvoll an und wollte mich weiter dem interessanten Artikel über den Bau der ägyptischen Pyramiden zuwenden. Da fasste mich mein Vater erneut am Arm.

Ich wusste, dass Vater mich nach seinem hochverehrten Herrn Mathematikprofessor Robert Hanke von der Handelsschule in Trautenau benannt hatte. Leider musste ich ihn diesbezüglich schwer enttäuscht haben. Nein, ich war und wurde zeitlebens nie ein Freund der Mathematik.

Gewiss, ich war kein schlechter Schüler. Die Noten auf dem Zeugnis waren stets gut bis sehr gut, und das Lernen an sich fiel mir nicht schwer. Allein der Leistungsdruck, den mein Vater auf mich ausübte, der zudem an meiner Dorfschule unterrichtete, ließ mich nicht wirklich wissen, was ich tatsächlich ohne Druck, ohne seine Erwartungshaltung zu leisten vermochte. Er war eben ein Lehrer, der Privates und Berufliches nicht voneinander zu trennen vermochte. Gegenüber anderen, fremden Schülern war er so hilfsbereit, so sensibel, wie es wohl kaum einen zweiten gab. Einem Mädchen aus dem Kinderheim beispielsweise, das niemanden als Verwandte hatte, schenkte er zu Weihnachten ein Handtuch. Das einzige Geschenk, das dieses Mädchen erhielt, über das es sich freuen konnte.

Lächelnd entnahm mir Vater die Zeitschrift, griff in die Innentasche seines Jacketts, zog einen Druckbleistift hervor, setzte sich ganz eng neben mich, löste seine Armbanduhr mit Sekundenzeiger vom Handgelenk und drückte sie mir in in die Hand.

Zunächst auf den schmalen Rand der Zeitschrift begrenzt, schrieb Vater die von mir gestoppte Sekundenzeit auf. Proportionalrechnung: Soundsoviele Sekunden braucht der Zug für einen Kilometer. Wie viele Kilometer legt der Zug demnach in einer Stunde zurück?

Ich begriff und begriff den mathematischen Zusammenhang nicht. So wurden nach und nach immer wilder und hastiger die mit Text bedruckten Seiten mit Zahlen beschrieben. Seite um Seite folgte. Je mehr Vater schrieb, mich messen ließ, desto unklarer wurde es mir in meinem Kopf, um so feuchter und nasser wurden meine Augen.

Kurz vor Magdeburg passierte es.

Eine Frau, die uns seit dem letzten Halt gegenüber saß, sprang plötzlich auf, packte meinen Vater am Kragen, schüttelte ihn und fuhr ihn an: Wenn Sie nicht sofort aufhören, das Kind zu quälen, dann weiß ich nicht, wie ich mich vergesse. Schämen Sie sich nicht, Sie Ungeheuer?

Schwer atmend und puterrot in ihrem bebenden Gesicht ließ sie sich auf ihren Platz zurückfallen.

Nie in meinem Leben werde ich vergessen, wie mein Vater, der weder Widerspruch von meiner Mutter noch von sonst jemandem gewohnt war, wie er die Augen weit aufriss, wie erstarrt dasaß und den Mund offen hielt.

Längst waren bei mir alle Tränendämme gebrochen. Verstört rückte mein Vater zunächst ein Stück von mir ab, um im nächsten Moment wieder zu mir zu rücken. Sacht legte er seinen Arm um meine Schulter, drückte mich fest an sich und flüsterte: Entschuldige bitte, das hab ich so wirklich nicht gewollt.

Nach drei Tagen bei seinen Eltern fuhr er wieder zurück zu Mutter. Dass ihm sein Tun ehrlich leid tat, fühlte ich, und ich glaubte ihm. Wir redeten nicht mehr darüber. Doch mit meinen Augen versprach ich ihm, dass ich die Sache den Großeltern gegenüber nicht erwähnen würde.

Anna S.

Ist dem Volksmund erst einmal ein Begriff entschlüpft, hält dieser ihn fest, lässt ihn nicht mehr los. Gemeinhin trifft der ja den Kern einer Sache oder eines Zustands voll an Wahrheit, mit Weisheit und zumeist gepaart mit hintergründigem Humor.

So auch geschehen mit dem als offiziell bezeichneten „Gästeheim des Ministerrates", erbaut in den fünfziger Jahren in meinem Heimatort Gohrisch. „Millionenbau" - nicht anders wurde fortan dieses am Rande des Waldgebietes außerhalb des Ortes Richtung Papstdorf von uns genannt. Umgeben, versteckt und getarnt von prächtig hohen Fichten und Kiefern diente es der proletarischen Staatsmacht nicht nur für politische sondern überhaupt für prominente Gäste als angemessene Unterkunft. Ob für Staatsoberhäupter, berühmt-berüchtigte Journalisten oder einfach nur als weltweit anerkannte Künstler, welche Auftritte im nahen Dresden hatten – für sie alle galt der „Millionenbau" als eine angemessene Unterkunft.

Ein solch prominenter Gast, der mir einfach so in unserem Schwimmbad im Campinghemd begegnete, war der Violinvirtuose David Oistrach. Auch Marita Böhme, die Schauspielerin und ihr Kollege Hilmar Thate liefen mir über den Weg. Wen wohl kaum jemand zu Gesicht zu sehen bekam, war der sowjetische Komponist Dimitri Schostakowitsch. 1960 sollte er eigentlich eine Musik zu einem Film schreiben. Statt dessen komponierte er mit seinem achten Streichquartett c-Moll op.110 eine seiner wichtigsten Sinfonien. Diese war nachweislich das einzige Werk, das er außerhalb der Sowjetunion schuf. Sein Eindruck von Gegend und Ort war offenbar so angenehm und nachhaltig, dass er 1972 noch ein zweites Mal nach Gohrisch kam.

Es war Samstagvormittag. Mitte der sechziger Jahre.

Erst kürzlich hatte mir mein Großvater meinen allersehnlichsten Wünsch erfüllt und mir in Pirna ein Moped gekauft: Ein SR 2 E. Mit Pedalen und 2-Gang-Handschaltung. Was störte es schon, wenn das Moped nur maximal 40 Stundenkilometer machte. Das leidige Gehen oder Radfahren gehörte der Vergangenheit an. Der Kirchgang am Sonntag wurde nach dem Gottesdienst zum lässig vorgeführten In-Gang-Treten des Mopeds. Das war wahrlich eine Stufe der Freiheit, die unglaublich glücklich machte. Danke noch heute, Opa!

Stolz holte ich also an jenem Samstag das dunkelbraune „Tuck-Tuck" aus dem Schuppen und fuhr ins Dorf.

Nach etwa zweihundert Metern in Höhe der Lesser-Drogerie bemerkte ich beim näheren Heranfahren eine Person, die ich natürlich von Fotos her kannte. Es war keine Geringere als Anna Seghers.

Zu jener Zeit war sie die bedeutendste und berühmteste Schriftstellerin unseres Landes. Angeblich sollte sie die Person mit den meisten und höchsten nationalen und auch mit internationalen Orden und Auszeichnungen sein. Natürlich kannte ich ihren Roman, der ihr Weltruhm eingebracht und der mit dem berühmten Weltstar Spencer Tracy von Hollywood verfilmt worden war: „Das siebte Kreuz".

Selbstverständlich bremste ich mein Moped, als ich sie am Straßenrand stehen sah, gänzlich ab, hielt an und gab ihr durch Kopfnicken zu verstehen, dass ich warten wollte, damit sie gefahrlos die Straße überqueren könne. Ihr Zögern, ihr Verharren am Straßenrand indes irritierte mich nun derart, dass ich beschloss, weiterzufahren. Im gleichen Moment jedoch, als ich die Kupplung kommen ließ und am Gasgriff drehte, schien es sich die weltbekannte Schriftstellerin anders überlegt zu haben. Sie schritt los. Erschrocken bremste ich ab und kam unmittelbar vor ihr zu stehen. Auge in Auge blickten wir uns an. Dann wartete ich, bis sie die andere Straßenseite erreicht hatte.

Einige Zeit später, ich war längst wieder zuhause, schickte mich mein Vater zum Abgeben eines Briefes zur Post. Da ich es ein wenig eilig hatte, fuhr ich sofort los, hielt vor der Postfiliale und riss die Tür auf und – um ein Haar wäre ich mit einer älteren Dame in braunem Pelzmantel zusammengestoßen.

Nie werde ich den Augenblick vergessen, wie sich innerhalb von Sekunden ein mildes Lächeln in ein überaus wütendes verwandeln konnte.

Der Hund

Ehrlich gesagt, ich mag keine Hunde.

Hatte mich doch der Schäferhund des Nachbarn als Kind in Cammin in meinen Stiefel gebissen, als er zu fressen bekommen hatte und ich mich an ihm vorbei schleichen wollte.

Karo mochte mich eben so wenig wie ich ihn!

Nun also brauchte mein Bruder Wolfgang, der mittlerweile in der Gohrischer LPG angestellt und für sämtliche Kühe verantwortlich war, einen Hund. Einen Schäferhund natürlich. Dass mein Bruder mit Tieren umgehen konnte, wusste ich.

Was ich dann allerdings erlebte, nötigte mir höchsten Respekt ab.

Um den Hund aus einem Nachbardorf zu holen, war er mit dem Fahrrad zu dem Bekannten gefahren. Dieser war wohl froh, seinen aggressiven Hund günstig loszuwerden.

Wolfgang fuhr also hin und verlangte aber, dass dem Tier die Schnauze zugebunden werden müsse. Was der Tierbesitzer tatsächlich auch schaffte.

Nun legte mein Bruder dem Untier eine Art Geschirr an, und er fuhr mit ihm tatsächlich mit festem Griff und straffer Leine nach Hause.

Im vorbereiteten Zwinger gelang es ihm, die Schnauze des Hundes von dem Verband zu befreien.

Was dann passierte, war für mich ein kleines Wunder.

Vor den Gitterstäben blieb mein Bruder ruhig sitzen und las scheinbar unbeeindruckt von den wütenden Beißattacken des Schäferhundes, der die Gitterstäbe mit seinen Zähnen attackierte, in einem Buch. Irgendwann ermüdete dieser. Er ließ in seinem Wutsein nach und legte sich nieder. Jetzt war der Moment für meinen Bruder gekommen.

Von einem ehemaligen Schulkameraden, dem Lohse Dieter, der Fleischer gelernt und der das Geschäft des Vaters übernehmen sollte, hatte er um ein Stück Fleisch gebeten, welches dieser ausreichend mit Pfeffer und Salz würzen sollte.

Genau dieses Fleischstück legte mein Bruder nun durch das Drahtgeflecht dem Hund vor die Füße.

Sofort stürzte sich dieser sich darauf und verschlang es vor den zufrieden lächelnden Augen meines Bruders.

Nun brauchte mein Bruder nur zu warten. Sein Plan ging auf. Nach einer viertel Stunde lag der große Schäferhund völlig ermattet und heftigst hechelnd da in seinem Käfig. Wolfgang stand auf und immer den Hund im Auge behaltend, ging er zur Käfigtür, öffnete diese und schob ihm eine Schüssel Wasser direkt vor dessen Schädel. Nur wenige Augenblicke später schlabberte dieser gierig vor Durst die Schüssel leer.

Fortan anerkannte der Hund nur noch einen Herren, dem er aufs Wort folgte.

Sekundenentscheidung

Der 1. Mai. Ein nahezu weltweit begangener Feiertag der Arbeiter und Werktätigen. Zu diesen zählte mein Großvater. Vor dem Krieg war er bei der Bahn angestellt gewesen. Nach der Vertreibung aus dem Riesengebirge fand er in Mecklenburg als Waldarbeiter eine Anstellung. Ganz gleich, ob als Eisenbahner oder als Forstarbeiter – am 1. Mai zog er meistens seinen einzigen Anzug an, band sich eine Krawatte um und nahm an den Feierlichkeiten dieses Tages teil. Nach der Demonstration am Vormittag folgten nachmittags volksfestartige Vergnügungen.

An dieser Reihenfolge hatte sich auch nichts geändert, als ich Schüler war. Das war während meiner Grundschulzeit in meinem Heimatdorf ebenso wie während meiner Gymnasialzeit in Pirna.

Anfang der sechziger Jahre, ich ging in die elfte Klasse, kam ich aus der Kreisstadt Pirna von der Maidemonstration.

Unglaublich warm hatte der Mai begonnen. Über Nacht waren Blätter, Knospen und Blüten gesprungen. Die Sonne schien den Sommer einzuleiten. Ein geradezu prächtiges Wetter zum Demonstrieren. Wir Schüler, die wir aus Pirna selbst und aus mehreren Ortschaften mehr oder weniger nahe der Stadt die Schule besuchten, trafen uns also zum Pflichtmarschieren. Anschließend trennten wir uns und machten uns auf den Heimweg. Mit dem Zug fuhr ich bis Königstein. Dort stieg ich erwartungsvoll aus. Dreieinhalb Kilometer lagen vor mir. Ach, was freute ich mich ob der Wärme des Tages. Die Temperaturen lagen garantiert über der zwanziger Grad Marke.

Ich spürte, dass ich bei diesem Wetter einen neuen persönlichen Rekord für die Strecke aufstellen könnte.

Das Laufen war nicht immer meine Leidenschaft gewesen. Im Gegenteil! Die Schmach, bei einer Sportüberprüfung die 100 Meter mit den Mädchen laufen zu müssen, weil ich zu klein, zu schmächtig war, hatte meinen Stolz zutiefst verletzt. Also hatte ich mir vor zwei Jahren ein paar Spikes gekauft, und ich war beinahe jeden Abend auf einem Sportplatz, der sich glücklicherweise unmittelbar neben dem Internatsgelände meiner Schule befand. Mindestens eine Stunde blieb ich dort. Mal sprintete ich, mal rannte ich mehrere Runden um den Platz. Je mehr ich so trainierte und je besser ich dadurch wurde, fand ich Gefallen am Laufen. An vielen Wochenenden, wenn ich aus dem Internat nach Hause kam, rannte ich nun die bergige Strecke hinauf, um meine Kondition zu verbessern. Bald begann ich, die Zeit, die ich benötigte, zu stoppen.

Nun also sollte heute ein neuer Rekord fallen. Ungeduldig trat ich von einem Bein auf das andere, um die Muskulatur zu lockern. Ich sah auf den Sekundenzeiger meiner Armbanduhr, sah auf die in Stein gemeißelten Worte rechter Hand in einem der groben Sandsteinblöcke der zehn Meter hohen Wand: Wo ein Wille, da ein Weg!

Der Sekundenzeiger hatte die Zwölf erreicht. Ich winkelte die Arme an und rannte los. Nicht zu schnell angehen!, ging es mir durch den Kopf. Die ersten zweihundert Meter waren die schwierigsten, weil die steilsten. Mindestens dreißig Prozent. Nach Passieren des weiß getünchten Hotels „Lindenhof" mit seinen rundbogigen Fenstern wurde es etwas flacher. Die neunzig Grad Rechtskurve, genannt die „scharfe Kurve", lag vor mir. Weiter auf der Innenseite laufen? Kam ein Auto von hinten, müsste ich schnellstens die Böschung aufwärts springen. Also besser, die Seite wechseln. Natürlich war kein Auto gekommen, und ich hatte Sekunden verloren. Weiter ging es die sechzehn Prozent bergan. Mitten durch den Kiefern- und Fichtenwald mit seinen mächtigen Bäumen.

Nach gut einem Kilometer änderte sich in Höhe des auf der rechten Seite liegenden einsamen Hauses, der gelb gestrichenen

Villa „Luisenhof", der Straßenbelag. Statt auf Asphalt musste ich fortan über graue Pflastersteine aus Granit laufen. Das hieß den Laufrhythmus ändern. Trotzdem, mein Blick auf die Uhr zeigte mir an: Beste Zwischenzeit! Am Ende der lang gezogenen Rechtskurve, die jetzt vor mir lag, verschwand gerade eine Person. Gut so!, suggerierte ich mir. Jemanden einzuholen hilft, schneller zu werden. Ich erhöhte die Schrittfrequenz.

Bald war ich nahe genug an der Person, um sie zu erkennen. Birgit, die Schwester meines besten Freundes und – meine Freundin. Sie kam aus Königstein von der Maidemonstration ihrer Schule. Als ich sie fast eingeholt hatte, mein Tempo ein wenig zurück nahm, warf ich einen Blick auf die Uhr.

„Ach!", rief Birgit überrascht und blieb stehen. Dann drehte sie sich zu mir und kam mir freudig entgegen.

Aber, was blieb mir übrig, als auf ihr Verständnis zu hoffen. „Tut mir leid", sagte ich, gewiss voll schlechten Gewissens, „ aber ich bin auf einer neuen Rekordzeit." Ich lief einen kleinen Bogen um sie, schaute in ihr verdutztes Gesicht, und zog das Tempo wieder an.

Ich hatte eine neue Bestzeit geschafft.

Der Preis dafür: In jenen Sekunden hatte ich verspielt, dass aus unserer Freundschaft vielleicht mehr hätte werden können.

M.

Lange, sehr lange habe ich überlegt, ob ich dieses Kapitel schreibe, zumal es doch sehr die Öffentlichkeit tangiert. Ja, es ist sehr persönlich, doch wenn ich in den vergangenen Jahren an das Verhalten vieler Schülerinnen und Schüler der neunten und zehnten Klasse denke – wie viele sich da in den Pausen küssten, dann komme ich zu der Erkenntnis, dass ich mein erstes Kuss-Mal erzählen darf.

In Filmen hatte ich also natürlich mitbekommen, wie sich Mann und Frau, wenn sie sich einander näherten, wenn sie sich mochten, z.B. im Film „Der Gejagte" (Ritter der Nacht) mit Jean Marais. Sechsmal hatte ich diesen Mantel- und Degenfilm gesehen.

Da hatten mein Freund R. und ich am Wochenende vor, nach Königstein ins Kino zu gehen. Was wir gesehen hatten? Ich weiß es nicht mehr.

Was ich weiß und niemals mehr vergessen werde, war, dass sich uns auf dem Nachhauseweg eine Schulkameradin meines Freundes, welche mit ihm in Königstein in eine Klasse ging, angeschlossen hatte. Oh ja, M. gefiel mir vom ersten Augenblick an. Mehr als nur gut. Ihr hübsches Gesicht, ihre hellblonden, leicht gewellten Haare, ihre offenen Augen und ihre gehobenen Lippen. Während ich wieder und wieder meinen Kopf Richtung M. wandte, während wir so dahin liefen, gingen mir tausend Fragen durch den Kopf.

In Gohrisch vor dem Haus meines Freundes angelangt, verabschiedete sich mein Freund und meinte augenzwinkernd, dass ich M. natürlich den knappen Kilometer Richtung Pfaffendorf nach Hause begleiten würde.

Schon über eine viertel Stunde hatten wir kein Wort miteinander gewechselt. Erst dann kamen wir langsam über bedeutungslose Dinge ins Gespräch. Ich war wie elektrisiert von ihrer Anwesenheit. Was tun? Mein Gott, sie war so etwas von schön und exzentrisch zugleich. Hoffentlich konnte sie nicht den überlauten Herzschlag meinerseits hören! Von Null auf Hundert hatte ich mich in sie verliebt.

Dann plötzlich griff ich, ohne es selbst zu begreifen, nach ihrer Hand.

Und sie hielt sie fest.

Wenn jetzt ein Altar mit Priester vor uns gestanden hätte, ich hätte sie sofort geheiratet und hätte „Ja!" gesagt.

Aber statt des Altars gingen wir einfach weiter. Wann, wenn nicht jetzt, würde ich zum ersten Mal ein Mädchen, ein so hübsches Mädchen noch dazu, küssen können?

Wann war der richtige Augenblick gekommen?

Ich sah auf die Telegrafenmaste, die im Abstand von achtzig Metern vor uns am Straßengraben da standen. Mal beleuchtet, mal ohne Lampen.

Von Mast zu Mast nahm ich mir vor: Jetzt drehst du dich zu ihr, du siehst ihr ins Gesicht, sie hat die Augen geschlossen und…

Der vorletzte Telegrafenmast war erreicht. Selbstverständlich ein unbeleuchteter!

Abrupt blieb ich stehen und umfasste M. mit meiner rechten Hand.

Ob sie überrascht war ? Es vielleicht sogar erwartet hatte?

Ich weiß es nicht.

Jedenfalls umfasste sie mich ebenfalls. Und wir küssten uns.

Mein erster kurzer Zungenkuss!

Noch nie in meinem Leben hatte ich so etwas erlebt.

Sie wohl häufiger. Glaube ich.

Nach nur wenigen Sekunden trennten wir uns.

Sie sagte noch schmeichelnd leise „Danke!"und verschwand hinter der Gartentür.

Mein Weg nach Hause glich einem einzigen Schweben. Nie zuvor hatte ich solch einen Zustand erlebt. Der Taumel in mir wollte nicht enden. Jetzt erst verstand ich die ganzen Liebesfilme. Jetzt erst den Jean Marais, wie er glücklich in den Armen der Geliebten schwelgte.

Ich blieb stehen. Ich sah die Sterne, so hell, so funkelnd, so weit meinem Herzen und doch so nah.

Mochte ich auch später Glücksgefühle dieser Art empfunden haben - an das Einmalige, an das erste Mal eines Kusses, kam keines mehr heran.

Als ich zu mir kam, war ich auf dem abschüssigen Heimweg. Ohne es zu wollen, setzten sich meine Beine in Bewegung und taumlig wie ich war, begann ich zu rennen. Und mit jedem Schritt wurde mir das Wunder des Verliebtseins bewusster.

Ja, ich hatte ein Mädchen geküsst! Ach, wer war schon Jean Marais!

Zuhause hatte ich mich augenblicklich daran gemacht, M. einen Liebesbrief zu schreiben.

Diesen gab ich meinem besten Freund am nächsten Tag in die die Hand.

Noch heute warte ich auf eine Antwort.

Nur einmal noch durfte ich ein solch unbeschreibliches, nicht wiederkehrendes Gefühl in mir aufnehmen - als ich das erste Mal mit meinem rotbraunen Pappkoffer in Ahlbeck an der Ostsee angekommen und die Straße hinauf Richtung Meer gegangen war. Staunend und ergriffen zugleich hatte ich wie in Trance meinen Koffer abgesetzt und meine Blicke von links nach rechts und von rechts nach links schweifen lassen. Da erst verstand ich tatsächlich beim Blick auf den gebogenen Horizont, wie rund die Erde ist. Ja, wir leben auf einer Kugel, die ungeheuer groß sein muss und die doch so klein sein kann.

Mathe-Abitur

Da gab es ein Medikament namens Centedrin. Ein ungarisches Präparat.

Meine Stiefmutter war Krankenschwester. Sie wusste um meine schwere Prüfungsangst vor den Abiturprüfungen. Um mir zu helfen, besorgte sie mir diese Centedrin-Pillen. Am Morgen vor einer Prüfung sollte ich nur eins dieser ungarischen Präparate einnehmen.

Eine Stunde vor der schriftlichen Mathematik-Abitur-Prüfung, vor der ich unglaubliche Angst hatte, schluckte ich eine dieser kleinen weißen Tabletten und spülte einen großen Schluck Tees hinterher.

Voll Glaubens an die Wirksamkeit dieses Medikaments, vor allem auch wegen der Nachhilfe-Stunden meiner Klassenkameradin Ulla - an etlichen Tagen hatte sie im Bibliotheksraum unserer Schule versucht, mir mathematische Aufgaben und Gleichungen zu erklären - ließen mich einigermaßen hoffnungsvoll den Prüfungsraum betreten. Dieser war ausgerechnet der Kunst-Unterrichtsraum, in dem ich mich in den letzten vier Jahren so gerne bei unserem Zeichenlehrer Ettig aufgehalten hatte.

Ein jeder von uns saß allein an einem Tisch. Die Aufgabenblätter wurden wenige Minuten vor acht Uhr durch Mathematiklehrer Heyn auf unseren Tisch gelegt. Punkt acht Uhr durften wir sie umdrehen und den Text zu lesen beginnen.

Ich folgte dem Rat von Herrn Heyn und las den gesamte Aufgabentext zunächst gründlich in aller Ruhe durch. Beim zweiten Durchlesen fiel mir eine Aufgabe auf, mit der ich etwas anfangen könnte. Ich machte mich an den Versuch. Ob das Ergebnis stimmte…?

Eine Aufgabe erforderte die Lösung des Findens eines Maximums:

Die Höhe der Seite eines Gebäudes war gegeben sowie die eine Seitenlänge des Daches. Die Frage lautete nun: Wie groß muss der Winkel zwischen beiden sein, damit ein maximales Volumen entsteht?

Ich rechnete und rechnete. An einer Stelle blieb ich immer wieder verzweifelt stehen. Ich fand keine Lösung.

Peter, der hinter mir saß, brachte mich fast zur Verzweiflung mit seinem leisen „Ah, jetzt hab ich's!". Ulrike, gut eineinhalb Meter schräg vor mir am Tisch, legte erleichtert durchatmend ein beschriebenes Blatt nach dem anderen zur Seite.

Nun wirkte die Tablette.

Vollkommen ruhig schraubte ich meinen Füllfederhalter zu und legte ihn auf der Tischplatte ab. Meine Hände verschränkte ich hinter meinem Kopf. Ja, wäre schön gewesen, das Abitur zu bestehen und damit in Erfurt die bereits erhaltene Zusage zum Pädagogikstudium in die Tat umzusetzen. Nur, mit einer Vornote „Vier" und einem „Ungenügend" in der schriftlichen Prüfung in Mathematik hätte ich nicht mal eine Chance auf eine mündliche Prüfung in diesem Fach. Dabei wäre zudem, eine solche Prüfung machen zu müssen, für mich eine Horrorvorstellung!

So saß ich für eine Zeit relativ entspannt da.

Doch so gänzlich konnte ich mich gedanklich nicht von der Maximumaufgabe lösen. Ein neuer Lösungsansatz fiel mir ein: Wenn ich nun die Zahlen im Verhältnis umgekehrt nahm…?

Umgehend nahm ich meinen Füller, setzte die Gedanken in die Tat um und kam tatsächlich zu einem realistischen Grad-Ergebnis.

Nach vier Stunden wurden die Prüfungsblätter eingesammelt.

Gespannt fragte ich Michael, einen unserer Mathe-Besten nach seinem Maximum-Ergebnis. Wie fast zu erwarten, nannte er ein anderes, als ich es herausgefunden hatte. Mist, murmelte ich vor mir hin und nannte enttäuscht halblaut das meinige. Das hab ich auch raus!, rief freudig Wolfgang, mein Banknachbar.

Noch war mir nicht zum Jubeln. Doch ein gutes Zeichen war es allemal.

Sowohl die schriftlichen Prüfungen in Deutsch als auch im Wahlfach Biologie liefen für mich relativ gut.

Die folgenden zwei Unterrichtswochen bis zur Bekanntgabe der schriftlichen Ergebnisse glichen einem Spießrutenlauf.

Mathelehrer Heyn hatte die Anzahl der Schüler unserer Klasse entsprechend der Reihenfolge im Klassenbuch als Zahlen auf kleinen Zettelchen geschrieben, diese zusammengefaltet und in ein kleines Metallschächtelchen getan. Ich war die Nummer 26.

Von einer Mathestunde zur nächsten stellte er uns Aufgaben, die vor der Klasse an der Tafel abzuleiten waren, z. B. die Herleitung des Pythagorasatzes, des Sinussatzes...

Jede Mathematikstunde begann so mit einem unsäglichen Bangen meinerseits. Müsste ich an die Tafel, könnte ich auch gleich auf meinem Platz sitzen bleiben. Besser noch, ich packte meine Sachen, verstaute sie in meiner Schultasche und verließe den Klassenraum.

Gegen Ende der zweiten Woche passierte es: Ein Zettel wurde von einem Mitschüler gezogen. Lehrer Heyn faltete ihn auseinander und blickte zu mir. Für einen Augenblick lächelte er mich an. Augenblicklich gefror in mir jegliches Denkvermögen. Dann aber geschah das Wunder: Heyn faltete den Zettel wieder zusammen und forderte einen neuen Zettel.

Es hielt mich kaum in meiner Schulbank. Ich hätte gleichzeitig Weinen und Jubeln mögen. Nun wusste ich: Ich war durch! Ich hatte das Abi in der Tasche. Ab Ende August würde ich in Erfurt Student sein. Voll Dankbarkeit sah ich zu Ulla, die mir Augen zwinkernd zulächelte.

Bei der Einsichtnahme in die schriftlichen Prüfungen erfuhr ich, dass ich in Mathematik siebzehn Punkte erreicht hatte. Ab dreizehn gab es die Note „Vier", ab einundzwanzig die Note „Drei"...

Glaubenssache

Hoffnung und Freude auf das Studium Kunst und Deutsch am Pädagogischen Institut Erfurt hatten mich von Beginn an in keinster Weise enttäuscht. Konnte ich dies damals auch nicht wissen, erahnt hatte ich es schon: Die rundum schönste, interessanteste, vitalste Zeit meines Lebens war ich dabei zu durchleben. Welch ein Kontrast zur Gymnasialzeit! Geradezu von einem Tag auf den anderen war ein ungeheurer Druck von mir gewichen. Dabei, so erfuhr ich bald, befand ich mich in bester Gesellschaft. Die meisten meiner Kommilitonen hatten gleich mir die naturwissenschaftlichen Fächer in recht übler Erinnerung.

Da die Entfernung von meinem Studienort zu meinem Heimatort bei Dresden weit war, hatte ich einen Platz in einem der fünf Wohnheime auf dem Institutsgelände erhalten. Diesen Umstand teilte ich mit relativ vielen Studenten. Alle bekamen wir monatlich 140 Mark Stipendium. Abzüglich 10 Mark für das Wohnen im Wohnheim und 50 Pfennige Garderobengebühr - wenngleich wir letztere kaum benutzten. Studenten mit besonders guten Leistungen erhielten zusätzlich ein Leistungsstipendium. Wohnheime, Mensa, Sekretariat, Lehrgebäude, Bibliothek und Turnhalle - alles bildete einen einzigen Wohnkomplex. Ein absolut ideales Studieren und Wohnen also.

Während so manche der Heimbewohner die mehr oder minder lange Heimfahrt am Wochenende in Kauf nahmen, zog ich es vor, in Erfurt zu bleiben. Überhaupt hielt sich mein Wunsch nachhause zu fahren, in Grenzen. Atmosphärische Störungen innerhalb der Familie nennt man das wohl.

Natürlich hätte ich mich auch an der PH in Dresden bewerben können. Doch diese lag mir zu nah an meinem Heimatort. Auch Potsdam wäre eine Alternative gewesen. Dort jedoch schien mir alles zu groß, zu weitläufig. Und ich als Sachse bei den Preußen...? Nein, Erfurt war die richtige Entscheidung. Zumal mir diese Stadt nicht gänzlich unbekannt war. Ende der zehnten Klasse waren wir für eine Woche auf Klassenfahrt in Erfurt in einer Jugendherberge gewesen. Unvergesslich der Augenblick, als ich bei einem Gang durch diese wunderschöne mittelalterliche Stadt damals im Kirchturm des Domes unter der tonnenschweren Gloriosa, der größten freischwingenden Glocke Europas, gestanden hatte.

Nachdem ich im Herbst der zwölften Klasse am Pädagogischen Institut die Aufnahmeprüfung zum Lehrerstudium glücklicherweise bestanden und – wenn auch nur - als „bedingt geeignet" eingestuft worden war, war der Weg nach dem Abitur für das Studium endgültig geebnet.

Hier nun genoss ich die ungewohnte Freiheit, das kaum fassbare Glücksgefühl. Heimweh – das Gefühl kannte ich nicht. Hatte ich doch als Kind, mehrfach von den Eltern getrennt, bei den Großeltern in Mecklenburg gelebt. Vater musste, nachdem er an Tbc erkrankt war, häufiger in eine Lungenheilstätte. Das Geld hätte für meine Mutter, meinen Bruder und mich einfach nicht gereicht. So verbrachte ich das erste Halbjahr der zweiten Klasse in der dortigen Dorfschule. Ich wusste weder um den Grund noch hätte ich ihn verstanden. Weshalb auch? Erlebte ich doch eine wunderbare Zeit bei den Großeltern.

Mit 15 kam ich ins Internat des Pirnaer Gymnasiums, in welchem ich die nächsten vier Jahre wie in einer Kaserne lebte: 6 Uhr morgendliches Aufstehen auf Kommando des Heimleiters. Anschließend tigerte dieser im Waschraum uns beobachtend auf und ab, um zu kontrollieren, ob wir uns ordentlich wuschen. Zur Esseneinnahme - morgens, mittags, abends - standen wir pünktlich zur stets gleichen Zeit vor der hellgrauen, doppelten Flügeltür zum Speisesaal, die nach einem Klingelton geöffnet wurde. Freigang war nach dem Mittagessen angesagt. Nicht selten führte uns dieser in der Stadt zum „Pferdehempel". Eine Gaststätte, in der es ausschließlich Pferdefleisch gab. Neben Pferdegulasch war besonders beliebt der braunrote Hackbraten mit einem Kartoffelkloß, süß-saurem Rotkraut und einer Kelle brauner Soße. Neunzig Pfennig kostete die Portion. Bestellte man einen zweiten Hackbraten dazu, musste man dreißig Pfennige zusätzlich bezahlen. Ab 16 Uhr hatten wir uns bis fünf Minuten vor 18 Uhr in den Arbeitszimmern des Internats zur Erledigung schulischer Aufgaben aufzuhalten. Nach dem Abendbrot hatten wir nochmals frei bis 21 Uhr. Wobei wir beim Pförtnerdienst - täglich wurde dieser von einem Internatsschüler besetzt - im Ausgangsbuch eintragen mussten, von wann bis wann und wohin man in die Stadt zu gehen beabsichtige. 21.30 Uhr hieß es Fertigmachen für die Schlafsäle. Ab 22 Uhr hatte absolute Nachtruhe zu herrschen. Alle diese Regeln galten selbstverständlich für alle Internatsschüler – von der neunten bis zur zwölften Klasse.

Nun also war dieser Spuk vorbei. Für die nächsten sechs der insgesamt acht Semester lebte ich im Wohnheim 3, einem zweigeschössigen Haus. Zwei Arbeitszimmer für je drei Studenten mit separater Flurtür waren mittels zweier Türen der Arbeitszimmer zum gemeinsamen Schlafsaal miteinander verbunden. Die letzten beiden Semester genoss ich das Privileg, mit einem Seminarkollegen im Hochhaus auf dem inzwischen zur Pädagogischen Hochschule erhobenen Instituts zu wohnen.

Mal mit Kommilitonen oder aber auch oft allein verließ ich am Wochenende das Institutsgelände und fuhr per Straßenbahn in die Stadt. Dort begab ich mich meist in den „Stadtgarten", einer äußerst beliebten und reichlich belebten Tanzgaststätte. Hier konnte man Samstagabend ohne Eintritt bis Mitternacht zur Musik einer tollen Band tanzen oder Bier trinken.

Am Abend eines solchen Samstags, es war wohl gegen Ende des zweiten Semesters, machte ich mich wieder einmal allein auf in den „Stadtgarten". Da ich zu den Ersten gehörte, die seit längerer

Zeit vor den gläsernen Eingangstüren standen und beim Einlass hineindrängelten, fand ich einen der begehrten sechs freien Plätze neben dem Bierausschank. Dort musste man zwar stehen, konnte das Bierglas aber praktischerweise auf einem an der Wand angebrachtem hochklappbarem Holzbrettchen abstellen. Selbst für einen Teller mit Bockwurst und Kartoffelsalat reichte der Platz auf diesen provisorischen Tischchen. Gelassen ließ ich meine Blick über das Menschengewusel schweifen. Binnen kürzester Zeit waren die Vierertische vor der Tanzfläche von den eilenden, wild gestikulierenden, schreiend in den Saal Stürmenden erobert worden. Nachdem ich mein Wandtischchen aufgeklappt hatte, ein Zeichen, dass dieser Platz besetzt war, holte ich mir ein Helles in einem Halbliter-Glas. Angst, dass mein Platz von jemand anderem in Beschlag genommen werden könnte, brauchte ich nicht zu haben. Es galt das ungeschriebene Gesetz, dass wir Wandsteher einander kurz anblickten, zunickten und einander auf unsere Plätze achtgaben.

Pünktlich um neunzehn Uhr begann die Band mit ihrem Eröffnungslied, und der Chef der Gruppe begrüßte die Gäste und wünschte einen angenehmen Abend.

Um jemanden zum Tanzen zu bitten, da brauchte es mir Mut-Unterstützung, denn ich war trotz absolvierter Tanzstunde alles andere denn ein begnadeter Tänzer. In größerem Tanzgewühl fiel mein Unvermögen nicht ganz so schlimm auf.

Mit Beginn der Musik setzte auch ein neuer Schub an einer Art Unruhe ein. Pärchen drängten auf den Tanzboden. Der Lärmpegel schwoll erneut an.

Ruhig nahm ich einige kräftige Schlucke Bier aus meinem Henkelglas und beäugte die Runde.

Wie es so ist, die Früchte des Nachbarn scheinen immer noch am süßesten zu schmecken… Ausgerechnet an einer jungen Frau, schätzungsweise meines Alters, mit langen blonden Haaren und sofern ich es erkennen konnte, mit hübschem Gesicht, blieb meinen Blick magisch hängen. Befördert und provoziert durch die

Wirkung des inzwischen zweiten halben Liter Biers wurde mein Sinnen verstärkt, unbedingt mit diesem Engel tanzen zu müssen. Allein, das Fatale, das Gemeine war, dass meine Begehrlichkeit von einer schier unüberwindlichen Schranke gestoppt wurde: Sie war nicht allein gekommen. Zu ihr gehörte ein Mann, wenigstens einen Kopf größer und wohl auch ein paar wenige Jahre älter als ich. Mit dem Paar, welches an ihrem Tisch saß, hatten sie offensichtlich nichts zu tun. Was mir nach eingehendem Beobachten auffiel - mein blonder Engel und ihr Begleiter redeten und lachten viel miteinander. Aber sie hielten nicht Händchen. Fast jede zweite Tanzrunde waren sie auf dem Parkett.

Ihr Partner war ihr älterer Bruder, sie selbst war nicht nur hübsch, sondern, wie ich sehr schnell feststellen konnte, eine bemerkenswert intelligente Frau. Und - wir verabredeten uns für den nächsten Tag fünfzehn Uhr am alten Angerbrunnen.

Der Sonntag machte seinem Namen alle Ehre. Strahlender Azur umspannte den Himmel. Die klare, angenehm warme Luft breitete sich bis in den letzten Winkel der Natur aus. Auf dem Weg vom Wohnheim zum Frühstücken in die Mensa erfreute ich mich des vielstimmigen Gezwitschers in den Bäumen am Rande des Institutsgeländes.

Noch bevor ich in der zurückliegenden Nacht hatte einschlafen können, hatte ich wieder und wieder versucht, mir einen geistvollen Plan zurecht zu legen, wohin ich Marie führen könnte. Das Problem war nur, dass sie hier in dieser Stadt geboren war, dass sie mit Gewissheit nahezu jeden Winkel, jede Sehenswürdigkeit, jedes Restaurant - wenigstens dem Namen nach - kennen würde. Hin und her hatte ich mich im Bett gewälzt, bis ich endlich ohne Plan weit nach Mitternacht eingeschlafen war.

Die Zeit seit dem Frühstück, bevor ich mich auf den Weg in die Stadt machte, zog sich wie ein Gummiband. Am Domplatz stieg ich aus der Straßenbahn, durchquerte langsam mehrere Nebenstraßen. Die ganze Zeit mühte ich mich, das Bild von Maries Aussehen in Erinnerung zu rufen. Tatsächlich gelang es mir für

Augenblicke, ihre glatten blonden, ins rötliche schimmernden, schulterlangen Haare, ähnlich denen von Francoise Hardy, vor Augen zu haben. Dazu ihre dunkelbraunen Augen und ihre leicht aufgeworfenen Lippen. Was mir vom ersten Augenblick an aufgefallen war, war die kleine, vielleicht einen Zentimeter lange Narbe auf der rechten Wange neben dem Nasenflügel.

Ich wollte pünktlich sein. Marie war es noch mehr. Als ich von der Barfüßerstraße kommend Richtung Angerbrunnen einbog, sah ich sie schon. Mit einem erwartungsvollem Lächeln kam sie auf mich zu. Irgendwie gelassen wollte ich wirken. Nur mein Kopf und meine Beine fanden nicht zu einer Einheit. Entgegen meiner Absicht beschleunigte ich meinen Schritt, und ich hatte Mühe, nicht ins Rennen zu verfallen.

Nach kurzem in die Augenschauen einigten wir uns schnell darauf, in welche Richtung wir spontan gehen wollten. Hauptsache, irgendwohin gehen.

Stumm liefen wir nebeneinander. Keiner wusste wohl so richtig, was er dem anderen sagen sollte. Ohne diesen zu langweilen.

Dann endlich, brach das Eis. Marie erzählte lachend, wie sie sich über mich am Abend amüsiert habe, wie ich so entnervt und traurig zugleich zu ihr und ihrem Bruder hinüber gesehen hätte.

Im Gegenzug gestand ich, welche Mühe ich am Abend hatte, um in den Schlaf zu kommen.

Während wir so dahergingen, begann Marie über sich zu erzählen. Sie war ein Jahr jünger als ich und arbeitete seit ihrer Ausbildung zur Krankenschwester an der Medizinischen Akademie.

Schade, sagte ich, vor einem knappen halben Jahr hatte ich mir die Mandeln dort herausnehmen lassen. Hätte sie nicht meine Krankenschwester sein können?

Besser nicht, verneinte sie. Sie sei auf einer anderen Abteilung tätig – der Pathologie. Ohne eine Pause zu machen, fügte sie hinzu, dass sie sich in einem Nebenstudium für Osteopathie weiterbilde. Zudem überlege sie, ob sie vielleicht noch an der Abendschule das

Abitur mache, um ihren Traum zu verwirklichen und nach einem Medizinstudium Ärztin werden zu können.

All dem hatte ich nichts vergleichbar Spektakuläres entgegen zu setzen: Grundschule in einem Dorf, dann Abitur. Jetzt der Versuch, Lehrer zu werden.

Gemächlich schlenderten wir weiter, setzten einen Fuß vor den anderen und plauderten über das, was uns gerade einfiel. Die kleine Narbe, nach der ich sie fragte, hatte sie sich als kleines Kind geholt, als sie mit ihrem Roller mit einer Bordsteinkante kollidiert und böse gestürzt war.

Rund eine Stunde mögen wir so gegangen sein. Als ich irgendwann ihre Hand ergriffen hatte, hatte sie dies ohne Widerstand geschehen lassen. Unweit des Bahnhofs waren wir vor dem Restaurant „Bürgerhof" angekommen. Meinen Vorschlag, dort einzukehren, nahm Marie nach kurzem Zögern mittels Kopfnicken an.

Das Restaurant war nur etwa zur Hälfte besetzt. So wurden wir von einem Ober an einen Zweiertisch geführt.

Selbstverständlich wollte ich als spendabel erscheinen und fragte Marie, ob sie lieber einen Rot – oder Weißwein bevorzuge. Etwas verschämt dreinblickend gestand sie, dass sie gar keinen Wein trinke. Bier? Nein, auch Bier trinke sie nicht. Sie trinke überhaupt keinen Alkohol.

Nun war ich doch ein wenig ratlos. Einfach ein Wasser, möchte ich, sagte sie. Aber du kannst dir natürlich gerne ein Bier bestellen.

Verunsichert, wie ich war, kam hinzu, dass Marie auch die Speisekarte, die uns der Ober auf den Tisch gelegt hatte, ohne sie zu öffnen, weggelegt hatte. Also, auch essen wollte sie nicht.

Bald darauf brachte der Ober ein Bier und ein Wasser.

Allein essen wollte ich auch nicht, obwohl mir mein Magen ein anderes Zeichen gegeben hatte.

Ich wusste nicht so recht: Hatte ich irgendetwas falsch gemacht? War es ein Fehler gewesen, in den „Bürgerhof" zu gehen?

Marie lächelte zwar noch immer. Doch war mir nicht entgangen, dass sie etwas beschäftigte. Als ob sie mit sich rang. Als ob sie mir etwas sagen möchte.

Um es ihr leichter zu machen, sprach ich sie direkt an: Was ist?

Marie sah mir in die Augen, senkte diese langsam und sagte, als ob sie eine Weile wie nach Worten oder nach einem geeigneten Anfang suchte, leise, dass sie Mormonin sei. Ob ich schon einmal etwas davon gehört habe?

Wahrheitsgemäß verneinte ich.

Ruhig und langsam begann sie mich aufzuklären.

Die Mormonen, von denen es in der gesamten DDR etwa 4500 gäbe, würden als eine Sekte angesehen. Da sie von mir im Laufe des Nachmittags erfahren habe, dass ich Katholik sei, wäre es einfacher für sie, mit mir über ihre Religion zu sprechen, als mit einem, der gar keiner Religion zugehörig sei. Trotzdem sei es ihrer Meinung nicht leicht, gleich welcher Religion man auch immer angehöre, den Glauben, die Rituale, die Vorschriften anderer Religionen zu akzeptieren, geschweige denn sie zu begreifen.

Beeindruckt von ihrer Ehrlichkeit, fasste ich nach ihrer Hand und gewahrte die Erleichterung in ihren Augen.

Marie fuhr fort: Mormonen trinken keinen Alkohol. Wir trinken auch keinen Kaffee oder Tee. Auch Nikotin lehnen wir ab. Jetzt verstehst du vielleicht auch, weshalb ich bei der Getränkewahl so zögerlich war.

Dann erzählte sie vom Ursprung der Mormonen, die sich als die Kirche Christi der Heiligen der letzten Tage bezeichne. Ihr Gründer, Joseph Smith, 1805 in Sharon in den Vereinigten Staaten von Amerika geboren, werde in der Gemeinschaft Christi als Prophet angesehen. 1844 wurde er in Carthago, Illinois, ermordet.

Da ich noch immer Maries Hand festhielt und ihr zu verstehen gab, dass ich ihre Erklärungen ernst nahm, berichtete sie weiter: Das Buch Goldplatten, das Joseph Smith von Engeln erhalten hatte, war er zu übersetzen beauftragt worden. Unserem Glauben nach liegt es noch immer in einem Hügel mit Namen Cumorah in der Nähe von Manchester.

Marie löste ihre Hand von der meinen. Sie schien mir, einem Katholiken, Zeit geben zu wollen, das soeben Gehörte verarbeiten zu können. Mein mit Sicherheit nachdenklicher Blick musste sie darin bestärken. Doch fragte ich mich, weshalb ich an ihrer Überzeugung von der Richtigkeit ihrer Religion zweifeln sollte.

Aber Marie war noch nicht fertig: Nun, da gibt es noch ein Kapitel in unserem Glauben: Die Polygamie - die sogenannte Vielweiberei. Ja, es stimmt. Smith hatte viele Frauen. Und er befürwortete das. Aber seit 1890 wurde die Polygamie abgeschafft. Nur wurde dies ehrlicherweise nie von allen Mitgliedern anerkannt. Bis heute gibt es Gruppen, die an der Polygamie festhalten. Hier in Deutschland ist sie strafbar.

Leise flüsterte sie, als würde sie mir ein Geheimnis anvertrauen: Mein Vater hat tatsächlich nur eine Frau. Meine Mutter.

Nach dem letzten Satz hatte sie ein geradezu schelmisches Lächeln aufgesetzt.

Während der ganzen Zeit hatte ich mein Bierglas nicht angerührt. Nun nahm ich einen tiefen Schluck.

Maries wiedergefundene Lockerheit übertrug sich nicht auf mich. Mir fiel trotz heftigen Nachdenkens nichts Vernünftiges ein, das ich hätte sagen können.

Marie, wieder mit ernst gewordener Miene, holte mich aus meiner Grübelei: Bestimmt bist du jetzt enttäuscht. Das kann ich verstehen.

Ja. Nein. Ich weiß es selbst nicht.

Ich wusste es wirklich nicht. War es das mit uns? Offenbar mochten wir beide uns. Doch waren wir beide eingesperrt in unsere Religion. So wenig wie sie ihren Glauben verlassen könnte, würde ich niemals den Riten und Gebräuchen der Mormonen folgen können. Wir waren zwei „Königskinder"…

So blickten wir beide, wenngleich wir uns über dem Tisch an den Händen festhielten, gewiss nicht sonderlich glücklich drein.

Auf dem Weg in die Gartenstraße, wo sie wohnte, redeten wir kaum. Vor dem Haus Nummer zweiundsechzig, einer mehrgeschossigen Häuserzeile, blieben wir stehen. Da standen wir nun Gesicht vor Gesicht im Halbdunkel. Zögerlich umfasste ich Marie. Sie erwiderte meine Umarmung, und wir küssten uns. Nur kurz. Und doch durchströmte mich eine lange nicht mehr empfundene Wärme.

Ahnend, besser wissend, dass ein Wiedersehen unvernünftig sei, verabredeten wir uns dennoch für das nächste Wochenende.

Diesmal suchten wir ein anderes Tanzlokal auf. Was mich wunderte, was ich aber nicht ansprach, war, dass Marie sich eine Cola bestellt hatte.

Wir mochten vielleicht eine halbe Stunde am Tisch gesessen haben, als eine junge, dunkelhaarige Frau zielgerichtet auf uns zukam. Sichtlich erschrocken blickte Marie sie an und stellte sie mir vor: Meine ältere Schwester, Helen.

Ich erhob mich, reichte ihr meine Hand und nannte meinen Namen.

Ah, Sie sind es. Marie hat mir von Ihnen erzählt.

Im gleichen Atemzug und mit fast verschwörerischer Stimme beugte sie sich dann zu ihrer Schwester und flüsterte ihr ins Ohr: Ich trinke auch Cola!

Gelöst lachten die Schwestern hell auf. Helen wünschte uns noch einen angenehmen Abend und verschwand sogleich. Den restlichen Abend tanzten wir, oder wir unterhielten uns über alles, was uns in den Sinn kam. Ohne uns abgesprochen zu haben, klammerten wir dabei das Thema Religion aus.

Vier Tage später saßen wir im Erfurter Opernhaus. Unablässig Händchen haltend, verfolgten wir Puccinis „Tosca". Dabei entging mir nicht, dass Marie mit ihrer Rechten einige Male zum Taschentuch griff.

Vor der Haustür Nummer zweiundsechzig war sie es diesmal, die mich als Erste heftig umarmte und leidenschaftlich küsste. Als wir uns zur Verabschiedung die Hände reichten, ließ Marie ihrer Tränen freien Lauf. Der Kloß in meinem Hals machte es mir unmöglich, irgendetwas zu sagen. Dafür drückte ich sie nochmals lange, und wir „Königskinder" trennten uns.

Fan und Vernunft

Unwissenheit, Naivität oder doch einfach nur Wunschdenken? Von allem muss wohl etwas dabei gewesen sein. Bevor ich nach dem Abitur an das damalige Pädagogische Institut nach Erfurt zum Studium ging, glaubte ich ernsthaft, dort endlich richtig trainieren zu können. Beim SC Turbine Erfurt wollte ich mich natürlich anmelden. Nicht wissend, dass man diesem Sportclub nicht so ohne weiteres beitreten konnte, sondern dass dies nur über eine Delegierung von einem anderen Sportverein aufgrund außergewöhnlicher Leistungen möglich war. Weshalb ausgerechnet der SC Turbine, dessen Sportler das blaue Trikot mit den zwei weißen, diagonal über die Vorderseite verlaufenden Streifen trugen? Eine höhere Würde, als mit diesem Trikot bei einem Wettkampf zu starten, gab es für mich nicht. Schließlich gehörten meine Leichtathletik-Idole der Mittel- und Langstrecke allesamt diesem Club an, waren Weltrekordler, Olympiateilnehmer oder Europameister: Siegfried Herrmann, Manfred Matuschewski, Jürgen May und später noch Dieter Fromm.

Woraus meine Hoffnungen genährt wurden, selbst ein erfolgreicher Leichtathlet zu werden? Weil ich eine nimmermüde Lust zum Laufen, zum Rennen verspürte, weil ich innerlich geradezu dafür brannte.

Dabei, so schien es anfangs, hatte ich so gar keine Ambitionen für den Sport. So war ich während meiner gesamten Gymnasialzeit in Pirna im Sportunterricht bei allen Ballspielen und auch beim Geräteturnen – bis auf das Bodenturnen – nur höchst mittelmäßig. Selbst noch mit Beginn der neunten Klasse wog ich bei einer Größe von einem Meter sechsundfünfzig gerade mal achtundvierzig Kilogramm. Welch eine Erniedrigung, mich bei der Sportüberprüfung mit den Mädchen starten zu lassen! Doch nicht nur, dass ich körperlich zu den kleinsten Jungen der Klasse gehörte, ich hatte noch nicht einmal den Stimmbruch hinter mir. Noch heute kann ich mich lebhaft an das Gefeixe und Gekichere erinnern, das mich nach vorn vor die Klasse begleitete, während der Musiklehrer lächelnd seine Finger über die Tasten nach oben in die höheren Tonregionen gleiten ließ. Verunsichert und gewiss mit hochrotem Kopf sang ich mein „Sah ein Knab' ein Röslein stehn". Mit Beginn der zehnten Klasse änderte sich Entscheidendes. Knapp zwanzig Zentimeter war ich gewachsen, hatte einige Kilo zugenommen – ich war einfach nicht mehr satt zu kriegen! - und auch meine Stimme war männlicher geworden.

Einhergehend mit diesen positiven Fortschritten, hielten meine schulischen Leistungen dagegen nicht stand. Ausgleich zu diesem Defizit bildete fortan mein sportlicher Ehrgeiz. Um nicht erneut ein Debakel bei leichtathletischen Überprüfungen erleben zu müssen, hatte ich mir ein paar Spikes kaufen dürfen. Fortan trainierte ich häufig nach dem Abendessen auf dem Sportplatz neben dem Internatsgelände. So wurde ich auch insgesamt sportlich besser.

Bei der Abschlussprüfung Ende der zwölften Klasse auf einem Pirnaer Sportplatz gehörte ich zu den Besten im Sprint über einhundert Meter, und beim Lauf aller Schüler der vier Abschlussklassen über eintausend Meter wurde ich gar Zweiter nach unserem Sportass „Mullei", der nach dem Abitur zum Studium an die DHfK, Deutsche Hochschule für Körperkultur, ging.

Einen kleinen Wermutstropfen musste ich dennoch schlucken: Zum Abschluss des Schuljahres wurde traditionell auf dem Gelände der Schule, zu welchem neben dem breitangelegten Schulhof auch ein größeres Stück Gelände mit hügeliger Parkanlage und einem kleinen Waldstückchen zählte, ein Staffelrennen durchgeführt. Jede der vier Abschlussklassen stellte je vier Läufer. Wie oft war ich abends neben meinen Läufen auf dem Sportplatz nebenan auch schon diese Strecke gerannt! Zur Staffel gehörte ich leider nicht. So hatte ich mir einen Platz als Beobachter an der Strecke ausgesucht, wo es eine längere Strecke bergauf ging. Ein Hügelchen, das ich vielmals bei stets vollstem Tempo hinauf gesprintet war. Was ich befürchtete, traf ein. Unsere Klasse, noch in Führung liegend, vergab hier den Sieg. B., unser letzter Läufer, ein gewiss exzellenter Ruderer, nahm die Höhe in Angriff, keuchte, schnaufte und ging schließlich nur noch, während die anderen Jungen an ihm vorbeirannten.

Nun also war ich in Erfurt angekommen. Nach etwa einem halben Jahr wurde ich Mitglied der Sektion Leichtathletik der HSG PI Erfurt. PI – das Pädagogische Institut. Endlich konnte ich unter Anleitung eines richtigen Trainers trainieren. Bereits im Frühjahr des folgenden Jahres erhielt ich bei den Bezirksmeisterschaften in Weimar meine erste Medaille und Urkunde. Mein individuelles Training und vor allem meine 3-Kilometer-Läufe von Königstein nach Gohrisch mit sechzehnprozentiger Steigung hatten sich gelohnt. Ich verfügte zwar nicht über die allergrößte Schnelligkeit, dafür über eine enorme Kondition.

Im Herbst 1968 stand in Erfurt ein Vergleichskampf gegen die Studenten der Hochschule für Ökonomie aus Berlin-Karlshorst an. Austragungsort war ausgerechnet der Sportplatz Erfurt-Nord, auf dem 1965 eines meiner Idole, Jürgen May, Weltrekord über eintausend Meter gelaufen war. Dritter war Siegfried Herrmann geworden.

Meine Lieblingsdistanz waren mittlerweile die vierhundert Meter, die Stadionrunde, geworden.

Nun standen wir am Start auf dieser für mich so legendären Aschenbahn. Die Hauptsaison war zwar vorüber, doch ich fühlte mich ausgesprochen gut. Klarer Favorit war ein Berliner, immerhin Dritter der DDR-Bestenliste der Junioren über eintausend Meter. Nach dem Start – leider kein Tief- sondern ein Massenstart – hielt ich mich auf den ersten etwa einhundert Metern hinter dem Favoriten auf. Auf der Gegengeraden spürte ich, dass ich ihn angreifen könnte und überholte ihn. Tatsächlich gewann ich dieses Rennen in persönlicher Bestzeit von 52,2 Sekunden. So sehr ich mich freute und von meinen Mannschaftskameraden beglückwünscht wurde – mir war klar, dass ich bei einem Tiefstart die 50- Sekunden-Grenze hätte unterbieten können.

Während ich mich noch lockerlief, kam ein Mann auf mich zu und ein, wenn auch kurzes, doch für mich unvergessliches Gespräch, folgte: Entschuldigung, mein Name ist Herrmann. Ich bin Trainer beim SC Turbine Erfurt. Ich habe Sie laufen sehen. Sehr gut...

Was in diesen Augenblicken in mir vorging, kann ich nicht beschreiben. Natürlich hätte sich Siegfried Herrmann nicht erst vorstellen müssen. Dieses Gesicht war mir doch bestens bekannt! Was danach folgte, sprengte in mir jegliche Vorstellung. Er sagte wörtlich: Wenn Sie im Frühjahr noch diese Form haben, können Sie sich bei mir beim SC Turbine vorstellen…

Viel Zeit hatte ich noch bis zum Frühjahr, und das einmalige Angebot ging mir auch nicht aus dem Kopf. Trotzdem, da ich unbedingt als Pädagoge arbeiten wollte und mir meine sportliche Zukunft zu ungewiss erschien, verzichtete ich schweren Herzens, meinem einstigen Traum nachzugehen. Ende des Sommers 1970 begann ich an einer Schule in Schlieben im damaligen Bezirk Cottbus meine vierzig Jahre währende Lehrertätigkeit.

Die Versuchung

Mit einem Mal waren sie vorbei, die acht Semester. Zu Beginn des siebten Semesters hatte das Pädagogische Institut den Status einer Hochschule erhalten. Nach bestandenen Abschlussprüfungen wies mich eine Urkunde als „Diplom-Lehrer für Kunsterziehung und Deutsch" aus. Der Weg in eine pädagogische Zukunft war geebnet. Ein so unglaublich ersehnter Traum war in Erfüllung gegangen. Wer hätte je geglaubt - ich am allerwenigsten - , dass ich einmal wie mein Vater als Lehrer vor einer Klasse stehen würde? Mit Grausen denke ich zurück an eine Sache während der zwölften Klasse. Unser Russischlehrer Raysky hatte mich aufgefordert, nach vorn zu kommen. Ich sollte vor der Klasse lediglich einen russischen Text, den wir als Hausaufgabe üben sollten, aus dem Lehrbuch vorlesen. Als Raysky meine schlotternden Knie bemerkte, kam er auf mich zu und raunte mir ins Ohr: Dann setzen Sie sich doch mit einer Hinterbacke auf den Lehrertisch! Diese menschliche Geste hatte für mich diesen Lehrer in den höchsten Vorbildhimmel gehoben. Zu jenem Zeitpunkt hatte ich meine Zusage für das Pädagogikstudium bereits erhalten. Die Reaktionen meiner Mitschüler auf meine Zittervorstellung waren selbstverständlich sehr unterschiedlich.

Wenngleich ich nach dem Studium bei meiner damaligen Verlobten in Erfurt wohnen blieb, musste ich mich doch als Hochschulabsolvent den Vorschriften beugen und für die nächsten zwei Jahre anderswo meinen Schuldienst antreten.

20 FR 21

Anderswo hatte einen Namen: Schlieben. Diese historische Klein-stadt mit knapp dreitausend Einwohnern lag im damaligen Bezirk Cottbus, im heutigen Land Brandenburg an der Grenze zu Sachsen. Hier also bekam ich ein möbliertes Zimmer, und hier befand sich meine erste Dienststelle, die Ernst-Legal-Schule. Zugeteilt wurde mir als neuem Klassenlehrer eine siebente Klasse. Vom Kollegium wurde ich sehr freundlich aufgenommen, wenngleich ich unmissverständlich zu verstehen gab, dass ich spätestens nach den zwei Pflichtjahren nach Erfurt zurück wollte.

Nach etwa vierzehn Tagen wurde ich unverhofft zum Direk-tor bestellt. In seinem Zimmer bat er mich mit einem Lächeln im Gesicht vor seinem Schreibtisch Platz zu nehmen. Freundlich bot er mir eine Zigarette an, welche ich ebenso freundlich ab-lehnte. (In Schlieben hatte ich mir das Pfeiferauchen angewöhnt.) Es folgten belanglose Fragen in der Art wie: Haben Sie sich gut eingelebt? Wie gefällt es Ihnen an der Schule? Sind Sie mit Ihrer Klasse zufrieden? Finden Sie Unterstützung bei den Kollegen? Dann wurde er konkreter und wollte wissen, ob ich mir schon einmal Gedanken darüber gemacht hätte, Mitglied der SED (So-zialistische Einheitspartei Deutschlands) zu werden. Unser Staat hätte mir das Abitur ermöglicht und studieren lassen… Bevor er weitersprechen konnte, fiel ich ihm ins Wort und sagte, dass ich bereits Mitglied der CDU sei. Augenblicklich hielt er inne, sah mich mit offenen Augen an, erhob sich von seinem Stuhl sagte: Danke, damit hat sich das Gespräch erledigt und wies mit einer Hand zur Tür.

Nachdem ich mein Lehrerexamen in der Tasche hatte, war ich dem Rat meines Vaters, der selbst nach dem Krieg der SED beigetreten war, gefolgt und in die sogenannte Blockpartei CDU eingetreten. Ganz offensichtlich war in der Kürze der Zeit dieser Eintritt noch nicht in meine Kaderakten gelangt.

Das möblierte Zimmer vermittelte einen durchaus gemütlichen Eindruck. Am besten gefiel mir der alte, dunkelbraune, mächtige Schreibtisch mit Schnitzereien an beiden Seitentüren. Da er direkt vor einem hohen Fenster stand, fiel ausgiebig Licht auf die Schreibplatte. In der Mitte des Raumes stand ein großer, runder Tisch, um den drei Stühle postiert waren. An den beiden gegenüber liegenden Wandseiten befanden sich ein Bett bzw. ein leerer Bücherschrank mit zwei hohen Glastüren. Zum Glück hatte ich mein Transistorradio mitgebracht, zumal ich einen Fernsehapparat zu jener Zeit nicht erwarten durfte.

Obwohl selbst körperlich nie der Kräftigste, war ich trotzdem bereits als Schüler vielseitig sportbegeistert. Wann immer es ging, fuhr ich die bergige Strecke zunächst mit dem Fahrrad, später mit dem Moped zu den Fußballspielen von Einheit Königstein, die auf einem Platz im benachbarten Pfaffendorf ausgetragen wurden. Und das, obschon ich absolut kein Talent für das Fußballspielen besaß. Ich gestand mir das auch ein und bezeichnete mich selbst als Ballidioten. Wenn wir in der Schule während des Sportunterrichts Hand- oder Volleyball spielten, saß ich meist zufrieden auf der Auswechselbank. Nur beim Laufen und Schwimmen zählte ich, besonders in den höheren Jahrgängen, zu den Besten.

Sieben Schliebener Kollegen trafen sich regelmäßig am Donnerstag nachmittags für zwei Stunden zum Kegeln. Hocherfreut nahm ich diese Einladung an. Allein, ich musste schnell erkennen, dass mir zwar die Gemeinsamkeit mit den Kollegen guttat, ich mich jedoch mit dieser Sportart aber mangels ausbleibender Erfolge nicht so recht anfreunden konnte.

Nun war ich Anfang Dezember 1970 bereits für gut einem viertel Jahr in Schlieben tätig. Über mein kleines Radio erfuhr ich, dass am siebenten Dezember der legendäre Schwergewichtsboxer Muhammed Ali seinen zweiten Kampf nach seiner Gefängnisstrafe haben würde. Von April 1967 bis September 1970 hatte er keinen Kampf mehr bestreiten können, da er wegen Kriegsdienstverweigerung - er sollte für den Vietnamkrieg eingezogen werden - verurteilt worden war. Seine Boxlizenz und sein Weltmeistertitel waren ihm aberkannt worden.

Nun war er nach Aufhebung der ursprünglich fünfjährigen Haftstrafe dabei, seinen Weltmeistertitel zurück zu erobern. Dieser zweite Kampf fand gegen Oscar Bonavena in New York statt. Für mich war es geradezu eine Pflicht, dass ich mir diesen Kampf, wenngleich es noch nicht um den Titel ging, ansehen musste. Nach kurzem Überlegen stand mein Entschluss fest: Im Biologieraum der Schule befand sich ein Fernseher...

Ich stellte mir den Wecker und schlich morgens gegen vier Uhr durch die menschenleeren, dunklen Straßen der Kleinstadt. Hier und da sah ich erleuchtete Fenster. Gewiss auch Boxfreunde, dachte ich mir.

Im Biologieraum, der sich im zweiten Stock befand, tastete ich mich an die vier Fenster und ließ so geräuschlos wie nur möglich die Jalousien herab. Nach Einschalten des Fernsehers gelang es mir tatsächlich den Westsender ARD einzustellen. Das Schwarz-Weiß-Bild war überraschend klar. Auf einem Stuhl, den ich vor dem Fernseher platziert hatte, konnte ich das Spektakel bestens verfolgen. Ali enttäuschte mich nicht. In der fünfzehnten Runde bezwang er seinen Gegner im ausverkauften Madison Square Garden durch K.o.

Erst als ich wieder im Bett lag und mir nochmals meine Aktion durch den Kopf gehen ließ, wurde mir nach und nach immer mehr bewusst, was ich damit aufs Spiel gesetzt hatte: Westfernsehen war verboten. Natürlich wusste ich das! Das aber auch noch in der Schule zu wagen, war nicht nur eine gehörige Dummheit sondern höchst gefährlich gewesen. Wäre ich dabei erwischt worden, meine Lehrertätigkeit wäre nicht nur vorbei gewesen, noch bevor sie richtig begonnen hätte, sondern ich hätte mit einer Anzeige rechnen müssen, wegen subversiver, staatsfeindlicher Tätigkeit...

Über Mut

Ein bekanntes Sprichwort behauptet:

Wenn es dem Esel zu wohl ist, geht er aufs Eis.

Nein, es war kein Übermut meinerseits, keine spontane Überlegung. Gewiss, die Lehrertätigkeit machte mir Spaß. Dennoch hatte sich in mir nach zwölf Jahren Schule und vier Jahre Studium am Stück allmählich ein Gefühl von Verlassensein, von Leere eingeschlichen. Als ob ich nach langer Fahrt aus einem Zug ausgestiegen wäre, auf einem Bahnsteig stünde und vergeblich auf jemanden wartete. Doch niemand kam, der mich umarmte und mitnahm.

War das das Ende des „großen Lernens"? Dabei hatte sich bei mir vornehmlich in den letzten beiden Jahren eine gewisse Neugier eingestellt, die eigenen Grenzen zu testen.

Nun, nach rund einem halben Jahr im Schuldienst hatte ich mich durchgerungen und mir an meiner ehemaligen Hochschule in Erfurt einen Termin für ein Gespräch geben lassen; bei der Professorin S., Leiterin des Lehrstuhls Deutsch.

Zugegeben sehr nervös, aber auch mit aufkommenden Zweifeln am Sinn meines Vorhabens, schritt ich durch die Gänge der Hochschule, bis ich in den Bereich des Lehrstuhls Deutsch gelangte und vor dem Büro meiner ehemaligen Professorin stand. Bevor ich anklopfte, warf ich einen Blick auf meine Armbanduhr. Kurz darauf empfing mich ein freundlich lächelndes Gesicht und bat mich in ihr Arbeitszimmer. So, wie ich die schlanke, etwa fünfzigjährige Professorin in Erinnerung hatte, stand sie vor mir. Unter ihrem dunkelblauen Kostüm trug sie eine weiße Bluse, deren oberster

Knopf geöffnet war. Mit weicher, doch fester Stimme bat sie mich, auf einem der zwei durch ein kleines Tischchen getrennten beigefarbenen Sessel Platz zu nehmen. In der Mitte der Glasplatte des Tisches dominierte ein farbenprächtiger, kunstvoller Aschenbecher. Ich vermutete zurecht, dass er nicht zur bloßen Zierde da stand. Denn noch während sie mich nach dem konkreten Grund meines Kommens fragte, zündete sie sich eine Zigarette an.

Nach kurzen Dankesworten meinerseits, begann ich. Aufmerksam, ohne mich auch nur einmal zu unterbrechen, hörte sie mir konzentriert zu, während ich mein Anliegen vorbrachte. Ich wollte wissen, ob es für mich eine Möglichkeit gäbe, an die Hochschule zurückzukehren mit dem Ziel einer Promotion auf dem Gebiet der deutschen funktionalen Grammatik. Bevor sie mir antwortete, drückte sie die halb aufgerauchte Zigarette im Aschenbecher aus, lehnte sich zurück, holte tief Luft, sah mir in die Augen und sagte: Um es gleich vorweg zu nehmen – die funktionale Grammatik ist ausgeforscht. Aber, hier machte sie eine kurze Pause und setzte ihre Gedanken fort, in den Bereichen Methodik und Didaktik, da gibt es noch unbearbeitete Forschungsfelder.

Nun war ich es, der heftig durchatmen musste. Mit dieser Aussage, diesem Angebot hatte ich nicht gerechnet. Methodik und Didaktik! Zwei Studienfächer, die ich eher gehasst, denn geliebt hatte. Doch, dachte ich mir, alles ist nur eine Sache der Betrachtung und des Wollens. Weshalb sollte ich nicht diesen Schritt gehen? Genügend Lust und Reiz und Ehrgeiz verspürte ich bereits.

Zehn Minuten mochten inzwischen vergangen sein, seit ich in diesem Sessel saß und in denen mir die Professorin erklärte, welche Dinge als Voraussetzung für mich zu beachten wären, sollte ich eine Zusage erhalten. Während in mir Hoffnung und Euphorie aufkeimten, fügte sie fast so nebenbei als Schlussbemerkung an: Sie haben doch keine Verwandtschaft im westlichen Ausland! Oder?

Mir der Bedeutsamkeit dieser Frage voll bewusst, antwortete ich wahrheitsgemäß, dass ich Verwandtschaft in der Bundesrepublik Deutschland hätte.

Das bis jetzt lockere, freundlich dreinschauende Gesicht war mit einem Schlag sehr ernst geworden. Zwischen ihren Augen hatten sich zwei tiefe Falten gebildet.

In der Pause, die entstanden war, entnahm die Professorin der Zigarettenpackung nachdenklich eine neue Zigarette. Langsam zündete sie sich diese an und stellte mir eine Frage: Wären Sie denn bereit, diesen Kontakt zu beenden? Sofort. Und das schriftlich?

Ich musste nicht erst eins und eins zusammenzuzählen. Mein Traum war in diesem Moment wie ein Kartenhaus eingestürzt.

Ohne die Frage zu beantworten, stand ich auf, reichte der Professorin die Hand, bedankte mich nochmals für die Zeit, die sie für mich geopfert hatte und verließ zügig den Raum.

Politunterricht

Kaum einem jungen Mann in der DDR blieb sie erspart: die ein-einhalbjährige Wehrpflicht.

So erwischte sie auch mich mit vierundzwanzig Jahren.

Eingezogen wurde ich zur Bereitschaftspolizei nach Neustre-litz in Mecklenburg. Die ursprüngliche Kasernierte Volkspolizei wurde 1956 in die Volksarmee umgewandelt. Doch diese mili-tärische Bewaffnung reichte offenbar nicht. So wurde zusätzlich für jeden der vierzehn Bezirke plus Ostberlin eine Kaserne für die Bereitschaftspolizei gegründet. Damit umging man die nach dem Zweiten Weltkrieg vereinbarte Anzahl an Soldaten. Die Aus-bildung der eingezogenen Bereitschaftspolizisten glich denen der Nationalen Volksarmee sehr. Nur die schweren Waffen fehlten. Keine Panzer, Kriegsschiffe, Flugzeuge und Raketen also. Der Einsatz der Bereitschaftspolizei war mehr als Sicherheitsfaktor nach innen gerichtet. Im Übrigen wurden wir von den Vorgesetz-ten nicht als Soldat sondern als Genosse angesprochen.

In Neustrelitz hatte ich Glück und Pech gleichermaßen. Bevor ich zum ersten November eingezogen wurde, war ich im Sport-unterricht am rechten Knöchel böse umgeknickt. So wurde ich in den ersten drei Wochen während der Grundausbildung zum Stu-bendienst verdonnert. Während ich mit dem Besen in der Hand aus den Fenstern der Kaserne schaute, mussten die Neuankömm-linge – wie ich – auf die Sturmbahn, sie übten das Exerzieren, übten Gas-Alarm und marschierten und marschierten.

Das hielt an, bis ich am Abend vor der Abschlussübung vom Arzt gesund geschrieben wurde.

Am Morgen, gegen vier Uhr, gab es Alarm. Der Horror für mich begann: Im Eiltempo aus den Betten. Rein in die Gefechtsuniform. Antreten auf dem Flur. Zwischendurch immer wieder lautes Rufen und Schreien von Befehlen. Empfang der Maschinenpistole. Raus auf den Appellplatz. Ansprache des Kommandeurs. Rauf auf die Militärfahrzeuge. Verlassen der Kaserne. Fahrt zum Übungsplatz. Runter vom LKW. Überqueren der Sturmbahn. Gasmaskenwechsel bei Gas im geschlossenen Raum. Wieder auf die Fahrzeuge. Eine halbe Stunde Fahrt. Runter! Marsch, marsch!! Antreten in Marschformation. Ohne Tritt, marsch! Zwanzig Kilometer. Dann ist Schluss?

Wir sitzen an einer Waldlichtung. Meine Füße tun mir nicht weh. Sie brennen wie Feuer! Die Schmerzen sind unerträglich. Ich habe nur einen Wunsch: Raus aus den Stiefeln – die ich erst neu eingelaufen hatte. Meine Kameraden raten mir, flehen mich geradezu an, das nicht zu tun. Ich nehme ihren Rat an und begreife erst später, als ich in der Kasernenstube bin, wie dankbar ich ihnen sein musste: Beim Ausziehen zeigte sich, dass ich, hätte ich die Stiefel ausgezogen, sie niemals wieder hätte anziehen können. Nicht nur, dass ich Blasen an den Fersen hatte, nein, unter dem rohen Fleisch hatten sich bereits neue Blasen gebildet.

Ergebnis: Ich wurde erneut krankgeschrieben.

Glück hatte ich dennoch, denn nach einem halben Jahr in Neustrelitz wurde ich gegen einen aus Mecklenburg stammenden VP-Anwärter nach Rudolstadt in Thüringen ausgetauscht. So war uns beiden, auch von der Mentalität her, geholfen. Denn als Sachse bzw. Thüringer fühlte ich mich dort von Anfang an wohler.

Nun gab es, wie in allen Kasernen der DDR, in jedem Monat für alle Soldaten und Genossen an zwei Tagen im Monat den sogenannten Politunterricht. An diesen Tagen ruhte, bis auf den obligatorischen Frühsport, die körperliche Ausbildung. Zum Zwecke der politischen Bildung erhielt jeder von uns eine Broschüre zu einem bestimmten Thema des Monats. Diese Broschüre sollte von uns allen im „Selbststudium" in der Kasernenstube vollständig durchgelesen werden. Dann folgten im Klubraum mit allen Genossen des Zuges die Diskussionen zum Thema.

Waren die Tage des Politunterrichts im Allgemeinen relativ ruhig, um nicht zu sagen langweilig verlaufen, so löste ein Thema eine unerwartet heftige Reaktion aus: „Der Bundeswehrsoldat – mein Feind!"

Befriedigt und erleichtert konnte ich feststellen, dass es außer mir noch etliche andere Genossen gab, die Verwandtschaft im Westen hatten und in dieser so gar keine Feinde sahen. Ganz im Gegenteil! Wer von uns freute sich schließlich nicht über ein Westpaket mit Leckereien einschließlich einem Pfund Kaffee? Wenn dann noch eine nagelneue Jeans oder andere „Klamotten" beigelegt waren, dann fingen die Augen erst richtig an zu glänzen.

Ausgerechnet unser neuer Zugführer, ein knapp dreiundzwanzig Jahre zählender Leutnant, gerade von der Offiziersschule gekommen, hatte die nun undankbare Aufgabe, mit uns dieses brisante Thema durchzugehen. Ich muss gestehen, dass mir als studiertem Pädagogen der junge Mann fast schon ein wenig leidtat, als er sich den leidenschaftlich vorgebrachten Gegenargumenten stellen musste. Aus seiner politisch überzeugten Sicht stand der Bundeswehrsoldat eben auf der anderen, der feindlichen Seite der politisch geteilten Welt. Wir, die wir Westverwandtschaft hatten, sahen die Situation natürlich aus rein privater Perspektive.

Wenige Tage später wurde ich zum Kompaniechef unseres Pionierzugs befohlen. Sein Zugführer, durch den Verlauf des Politunterrichts offenbar verunsichert, musste dies seinem Vorgesetzten mitgeteilt haben.

Hauptmann K. bat mich Platz zu nehmen. Ohne Umschweife kam er zur Sache. Da ich von Beruf Lehrer sei, fragte er mich, ob ich nicht in den nächsten Monaten den Politunterricht übernehmen könnte. Um ehrlich zu sein, war ich derart überrascht, dass mir kein glaubwürdiges Argument für eine Ablehnung einfiel. So musste ich der Bitte des Kompaniechefs, es war ja kein direkter Befehl, Folge leisten.

Nun gab es aber am Ende eines jeden Halbjahres auch eine so-genannte mündliche Prüfung zum Politunterricht. Durch diese durchzufallen, musste sich niemand fürchten: Jeder Genosse bekam eine Broschüre und dazu auf einem Bogen Papier einige Fragen gestellt. Aufgabe war es nun, die Antworten zu diesen Fragen in der Broschüre zu finden, diese zu notieren und dann im Verlaufe der Prüfung laut vorzulesen.

Was die Sache seltsam machte: Am Abend vor der sogenannten Prüfung kam der Leutnant zu mir und offenbarte mir, dass er selbstverständlich selbst die Prüfung abnehmen müsse. Und – dass er, als Zugführer dann natürlich auch mich prüfen müsse.

Nach diesem Gespräch dachte ich eine Weile nach. Kämpfte mit mir selbst. Dann hatte ich mich entschieden. Um den jungen Offi-zier vor einer Blamage zu bewahren, meldete ich mich bei seinem Vorgesetzten, beim Kompaniechef, und setzten diesen in Kennt-nis vom Vorhaben seines Zugführers. Dieser hörte fassungslos zu, schüttelte den Kopf und bedankte sich bei mir.

Glückssache

Bereits seit zwei Jahren hatte ich mich in Erfurt für ein Auto, einen „Trabant", angemeldet.

Natürlich wusste ich, dass, bevor ich diesen PKW abholen konnte, noch rund weitere zehn Jahre vergehen würden. Mindestens! Daher war ich, gleich vielen meiner diesbezüglichen Wartens- und Leidensgenossen gezwungen, für größere Entfernungen die Leistungen der Deutsche Reichsbahn in Anspruch zu nehmen.

Am Vormittag stieg ich im Erfurter Hauptbahnhof in den aus Köln kommenden Interzonenzug ein. Züge, die aus der Bundesrepublik Deutschland kamen oder in umgekehrter Richtung fuhren, trugen damals tatsächlich ganz offiziell diesen Namen. Politisch korrekt oder auch nicht korrekt, fuhren sie ja, wie in diesem Falle, von der West- in die Ostzone. Seitens der BRD war die DDR schließlich als souveräner Staat nicht anerkannt.

Der Zug war pünktlich und rollte im Bahnhof ein. Ich hatte das seltene Glück und stand genau vor der Tür eines Waggons. Nachdem der letzte Aussteigende die Stufen herab gestiegen war, eilte ich diese hinauf, stürmte den Gang entlang und suchte nach einem Sitzplatz. Bis Dresden wollte ich die Fahrt nicht stehend verbringen. Mit einem energischem Ruck schob ich die Tür zu einem Sechser-Abteil auf, fragte, ob ich den einen freien Platz belegen dürfe. Mehrfaches Kopfnicken erlaubte es mir.

Nach knapp zwei Stunden lief der Zug im Leipziger Hauptbahnhof ein. Eifriges Treiben setzte ein. Dann war das Abteil leer – bis auf eine junge Frau, welche am Fenster saß. Augenblicklich rückte ich nach und setzte mich ihr gegenüber. Ihre dunkelblonden, schulterlangen Haare, ihre tiefbraunen Augen, ihr ovales Gesicht – sie gefiel mir ganz einfach, und sie war mir vom ersten Anblick an sympathisch. Zu hellblauen Jeans trug sie einen fliederfarbenen, locker anliegenden Pullover. Natürlich reizte es mich zu erfahren, woher sie käme und wohin sie wolle. Als hätte sie darauf geradezu darauf gewartet von mir angesprochen zu werden, gab sie mir freundlich Auskunft. Sie kam wirklich direkt aus Köln und wollte in Dresden ihre Großcousine besuchen, mit der sie sich seit vielen Jahren zwar schrieb, die sie aber persönlich noch nie getroffen habe. Überhaupt sei sie sehr gespannt auf ihre erste Reise in die DDR. In den folgenden ein-zwei Minuten erzählte ich ihr, dass ich Lehrer sei, dass ich meine Verwandtschaft im Stuttgarter Raum auch sehr gerne besuchen würde, dass aber die Reisemöglichkeit für mich leider äußerst beschränkt sei. Was nicht nur mich zornig mache…

Die Abteiltür wurde aufgerissen und im Nu waren alle Plätze wieder belegt. Als hätten wir uns abgesprochen, endete unser Gespräch mit einem beidseitigem Lächeln, das wir während er folgenden eineinhalb Stunden wiederholten.

Unmittelbar vor Einfahrt des Zuges in den Bahnhof Dresden-Neustadt, an dem wir beide aussteigen mussten, wuchtete ich ihren Koffer aus dem Gepäckteil über uns und stellte ihn auf den Boden. Dann schulterte ich meine Reisetasche und schleppte den Koffer in den Gang. Als der Zug hielt, packte ich ihn wieder und trug ihn vor zur Tür, bis ich ihn endlich auf dem Bahnsteig loslassen konnte. Sie dankte mir, und schon kamen winkende Hände und lachende Gesichter auf sie zu. Ich wünschte ihr alles Gute und reichte ihr zur Verabschiedung meine Rechte. Sie erwiderte den Händedruck und sah mich dabei nochmals lächelnd an. Im gleichen Augenblick bemerkte ich, dass sie mir etwas in die Hand drückte. Dann drehte sie sich um und wurde auch schon von den sie Erwartenden geherzt und gedrückt.

Gutgelaunt und gleichermaßen erwartungsvoll steuerte ich Richtung Treppe, die vom Bahnsteig nach unten ins Bahnhofsinnere führte. Mitten auf der Treppe blieb ich stehen, setzte meine Reisetasche ab, öffnete meine Hand und glaubte meinen Augen nicht zu trauen: Langsam faltete ich mit zittrigen Fingern einen Geldschein auseinander. Ich konnte es nicht fassen, da hielt ich doch tatsächlich einen echten Einhundert-Markschein West in den Händen.

Lektionen

Mit Studienende an der PH Erfurt erhielt ich neben dem Abschlussdiplom für die Fächer Kunsterziehung und Deutsch zudem einen Übungsleiterschein für Allgemeine Körpererziehung, speziell für Leichtathletik. Immerhin war ich sieben Semester in der HSG (Hochschulsportgemeinschaft), Sektion Leichtathletik, aktiv gewesen und hatte während dieser Zeit Leistungssport betrieben. Vor allem über eine Stadionrunde, die 400 Meter, hatte ich meine größten Erfolge.

Mit Eintritt in das Berufsleben, dem Schulalltag, sollte sich mir diese zusätzliche Bescheinigung als äußerst nützlich erweisen. So durfte ich neben meinen beiden studierten Fächern auch ein paar Stunden Sport unterrichten. Hieß, keine Korrekturarbeiten nachsehen zu müssen, welche mich ohnehin zur Genüge dank zweier oder gar dreier Deutschklassen extrem lang hinter den Schreibtisch verbannten. War eine Sportstunde vorbei, war es das auch schon. Kaum Vor- und keine Nachbereitung. Noch etwas Gutes hatten die Sportstunden – ich selbst konnte mich sportlich beim Laufen oder an den Geräten betätigen. Denn, was ich selbst nicht für möglich gehalten hätte, nach Beendigung des Leistungssports war mit der neuen Lebensweise auch mein sportlicher Ehrgeiz verschwunden.

Als nicht vollwertig ausgebildeter Sportlehrer unterrichtete ich ausschließlich die fünften bis siebenten Klassenstufen. Nur einmal gab es eine Ausnahme. An meiner Erfurter Schule wurde mir eine vierte Klasse zugeteilt. Ein gutes viertel Jahr mochte ich diese Klasse bereits betreut haben, als es passierte…

Wie gewohnt ließ ich die Klasse in der Turnhalle nach Antreten, Meldung machen und Gymnastikübungen zur Erwärmung einige Runden in möglichst großem Kreis hintereinander in der Halle laufen.

Ein Schüler, der seine Sportsachen zuhause vergessen hatte und deshalb nicht am Unterricht teilnehmen konnte, saß daher neben mir auf einer der langen Gymnastikbänke, die an den Seitenwänden der Turnhalle aufgestellt waren. Den Jungen in Unterwäsche mitturnen zu lassen, wie ich es durchaus bei anderen Sportlehrern erlebt hatte, wollte ich ihm nicht antun. Außerdem schien mir die Gefahr, dass er in Socken auf dem Parkettboden ausrutschen und sich verletzen könnte, zu groß.

So stand ich, während die Klasse im Kreis lief, auf der Bank und beobachtete und dirigierte das Geschehen. Auf Pfiff von mir mit der Trillerpfeife, stoppten die Schüler augenblicklich und rannten in die entgegengesetzte Richtung. Das wiederholte sich einige Male.

Da geschah es! Die Läuferschlange kam gerade an uns vorbei gerannt, als der Junge neben mir absichtlich einen Fuß ausstreckte, sodass ein Mädchen darüber stürzte und mit dumpfen Schlag schreiend auf den Parkettfußboden knallte. Augenblicklich sprang ich von der Bank, und schon hatte der Übeltäter meine volle Hand im Gesicht.

Sofort brach ich mit einem kräftigen Pfiff den Lauf ab und beugte mich über die Gestürzte. Zum Glück war der Schreck über den Sturz wohl größer als die Folgen des Sturzes selbst. Außer einem roten Fleck am rechten Knie war ihr gottlob nichts passiert. Schnell beruhigte sie sich wieder, wischte sich die Tränen aus den Augen und wollte nach ein-zwei Minuten weitermachen.

Mir hingegen hockte der Schreck noch in allen Gliedern. Was hatte ich bloß getan…

Um selbst erst einmal zur Vernunft zu kommen, ließ ich die Klasse auf den Bänken vor mir Platz nehmen. Und ich änderte meinen Unterrichtsplan. Statt wie vorgesehen an den Geräten zu turnen, ließ ich die Mannschaften für den Zwei-Felder-Ball (früher Völkerball genannt) wählen. Danach wurde bis zum Unterrichtsschluss gespielt.

Während des Spiels stand ich als Schiedsrichter auf der Bank. In gehörigem Abstand saß der Junge neben mir und heulte leise vor sich hin. Je mehr Zeit verging, desto klarer und bewusster wurde mir, war ich da angerichtet hatte und welche möglichen Konsequenzen das nach sich ziehen könnte: Einen Schüler geschlagen zu haben – ich konnte meinen Beruf verlieren. Daran würde selbst meine Entschuldigung, die ich dem Schüler nach einer Weile ausgesprochen hatte, kaum etwas ändern.

Am folgenden Tag wurde ich nach der letzten Unterrichtsstunde durch die Sekretärin zum Direktor gerufen. Augenblicklich wurden mir die Knie weich. Mit gewaltigem Druck in der Magengegend und schwindeligem Kopf betrat ich das Zimmer des Direktors. Wie erwartet, saßen dort der Junge und sein Vater auf einem Stuhl. Nachdem auch der Direktor und ich den beiden gegenüber Platz genommen hatten, wurde ich von meinem Chef aufgefordert, den Vorfall des gestrigen Tages zu schildern. Ich tat dies so detailgetreu als möglich, entschuldigte mich nochmals, betonte, dass ich diese schlimme Reflexhandlung niemals hätte tun dürfen. Nachdem ich fertig war mit meinem Bericht, ergriff der Direktor unmittelbar danach das Wort. Er verurteilte mein Verhalten aufs Schärfste, versuchte dann aber mich als einen Pädagogen darzustellen, dem die bedauerliche, spontane Reaktion ausschließlich der Unerfahrenheit und Überforderung des Erfassens der extremen Situation zuzuschreiben sei.

Still, ohne ein einziges Mal eine Bemerkung zu machen, hatte der Vater zugehört. Dann wandte er sich seinem Sohn zu und fragte ihn, ob es so war, wie ich, der Sportlehrer, es geschildert habe.

Kaum hatte der Junge genickt, bekam er eine gewaltige Ohrfeige von ihm. Gleichzeitig waren der Direktor und ich von unseren Stühlen aufgesprungen. Auch der Vater erhob sich, entschuldigte sich, dass er unsere Zeit in Anspruch genommen hätte und schob seinen Sohn heftig, der, offensichtlich geschockt, nicht zu weinen wagte, zur Tür hinaus.

Der Direktor hatte nicht einmal Zeit gefunden, den beiden die Tür zu öffnen.

Trotz des unerwarteten, wenngleich für aus meiner Sicht glücklichen Ausgangs dieser Affäre, hielt mich der Direktor zurück und hieß mich dableiben. Dann erlebte ich das, was man üblicherweise als einen kräftigen „Anschiss" nennt. Er las mir nun ordentlich die Leviten, machte mir klar, was ich mit dieser Ohrfeige aufs Spiel gesetzt hätte. Meine gesamte Bildungsvergangenheit – Abitur, Hochschulabschluss – wären für die Katz gewesen.

Wie konnte, sollte ich da widersprechen!

Indes, was der Direktor nach einer kurzen Pause halblaut hinzufügte, gab mir reichlich zu denken: Was ich getan hatte, war mehr als schlimm für den Jungen. Ungleich schlimmer, was der Vater ihm angetan hatte.

Seelenfraß

Nein, bis heute habe ich den Werner-Fassbinder-Film „Angst essen Seele auf" aus dem Jahre 1974 nicht gesehen. Nur, als ich den Titel erstmalig las oder hörte, hatte er mich zutiefst getroffen.

Nichts, gar nichts kann Angst ehrlicher, treffender beschreiben als diese wenigen Worte. Schließlich weiß ich, worüber ich schreibe. Leider.

Dabei konnte er mal so liebevoll, dann wieder so hart zu mir sein, mein Vater. Die wahre Ursache für sein Doppelwesen wurde mir erst viel später bewusst. Nämlich erst, als ich ihn wieder einmal zuhause besuchte…

Es muss während der Oktoberferien so um 1975 gewesen sein, als ich für ein paar Tage nach Gohrisch fuhr.

So saßen wir also abends in Familie mit einem befreundeten Ehepaar aus dem Nachbarhaus zusammen. Gemeinsam hatten wir gegessen und saßen anschließend zusammen bei Bier und „Lunikoff", einem guten Wodka, und das allgemeine Gespräch und viel Lachen waren im Gange.

Vor über zwanzig Jahren war mein Vater mein Deutsch-Lehrer gewesen. Und nun saß ich ihm, nach ein paar Schnäpschen, als Kollege gegenüber.

Mitten in unsere Fachsimpelei, die ja unter Lehrern nicht ausbleiben kann, sagte mir Vater, dass er eine Behauptung der deutschen Grammatik nicht verstehe: Wie kann man mit der Form des Präsens, also der Gegenwartsform eines Verbs, auch etwas Zukünftiges ausdrücken?

Ich musste einen Moment überlegen. Dann sagte ich: Ich gehe morgen ins Kino.

Ich gehe – das ist die Präsensform des Verbs. Trotzdem drücke ich damit etwas Zukünftiges aus: Morgen gehe ich...

Vater überlegte und begriff.

Aber, meinte er, wie ist das mit der Vergangenheit?

Eben so einfach: Da gehe ich doch gestern ins Kino. Und wen treffe ich da?...

Vater war begeistert. Augenblicklich griff er zum Telefonhörer und rief seine Deutschkollegin an und teilte ihr euphorisch mit, dass er durch mich, seinen Sohn, das „Tempus-Rätsel des Präsens" gelöst habe.

Nie hätte ich geglaubt, dass diese für mich banale Erklärung einen solchen Glanz in den Augen meines Vaters hätte auszulösen vermocht.

Was mich betraf – zum ersten Mal in meinem Leben fühlte ich, dass er stolz auf mich war. Es fehlte nicht viel, und ich hätte nach seiner Hand gegriffen.

Dann füllte er die Schnapsgläser von allen, und wir prosteten einander zu. Die allgemeinen Gespräche am Tisch begannen wieder, während ich mich auf meinem Stuhl zurücklehnte und mich meinen Gedanken überließ.

Ich sah in die Runde. In die lustig miteinander schwatzende Runde. War das tatsächlich mein Vater, dieser Mann, vor dem ich als Kind so schlimme Angst gehabt hatte? Wieso war das so? Weshalb war er jetzt so ganz anders? War er schon immer so zwiespältig gewesen?

Nein, meine Seele hatte er gewiss nicht aufgefressen. Wohl eher hatten die Lebensumstände seine Seele angeknabbert. So weiß ich noch, dass ich, als ich Student gewesen war, ihn einmal mehr oder weniger spontan gefragt hatte, wie er das Kriegsende erlebt hatte. Er hatte kurz überlegt, mich nachdenklich angesehen und schließlich im Wohnzimmer in einem der beiden dunkelgrün bezogenen Sessel Platz genommen. Instinktiv hatte ich gespürt, dass unsere Unterhaltung länger dauern würde. Aus diesem Grund holte ich rasch Stift und Papier und begann, mir eifrig Notizen zu machen. Nur, was er mir damals berichtete, hatte ich zwar interessiert notiert, aber noch nicht wirklich begriffen. Anfangs erzählte er ruhig, vollkommen unaufgeregt. Mit zunehmender Dauer spürte ich jedoch, wie sehr ihn seine Erinnerungen innerlich anrühren mussten. Es war so vieles, das aus ihm hervorbrach, sodass ich kaum Fragen zu stellen brauchte.

Nun, da ich jetzt selbst in etwa seinem Alter war, als der Krieg vorbei war, begann ich ihn und seine Zeit mehr und mehr zu verstehen. Tatsächlich wurde mir erst jetzt bewusst, was er als Jugendlicher, der gleich mir, damals mit so vielen Träumen im Kopf, die durch den Krieg geplatzt waren, verpasst hatte. Während er mir von sich erzählte, sichtbar angespannt in die Vergangenheit zurückfiel, hatte er ein altes Foto geholt und es mir in die Hand gegeben. Auf ihm waren mehr als fünfzig junge Schulkameraden zu sehen. In der vorletzten Reihe hatte er selbst gestanden. „Von all den anderen haben außer mir noch zwei den Krieg überlebt".

Das Foto stammte aus Vaters Zeit an der Handelsakademie in Trautenau, wo er 1942 das Abitur gemacht hatte und danach sofort zum Wehrdienst eingezogen wurde.

Über Frankreich, Italien und Tunesien kam er in amerikanische Gefangenschaft. Die Überfahrt nach Amerika überstand er auf einem Schiff. Nur zwei der drei Gefangenentransporte kamen an. Von den fünf gestarteten Flugzeugen schafften es ebenfalls nur zwei. Versenkt und abgeschossen über dem Atlantik. Sinnlose Tote. Leid für unzählige Angehörige – Mütter, Frauen, Kinder...

Das Ende des Krieges hatte er in Berlin erlebt. Es war nur noch eine Frage von Stunden oder Tagen, bis die Rote Armee Berlin eingenommen hatte und der Krieg vorbei sein würde. Vater hatte es damals verstanden, aus einer deutschen Schreibstube entsprechend notwendige Formulare zu entnehmen, sie abzustempeln und mit den notwendigen Unterschriften zu versehen. Schreiben und Schriften waren schon immer sein Hobby gewesen. Mit diesen Papieren machte er sich Richtung Norddeutschland auf den Weg zu den heranrückenden Briten. Vom dortigen Kriegsgefangenenlager, seit dem 2. Mai 1945 in Lübeck, wurde er weitergeschickt nach Mölln, wo die britische Armee die sich kampflos ergebene Stadt besetzte.

Diese zweite Gefangenschaft endete im Februar 1946. Er lernte meine Mutter kennen, die er bald darauf heiratete. Nach ihrer Vertreibung aus dem Sudetenland landeten sie im sächsischen Dorf Kurort Gohrisch, wo ich zur Welt kam.

Was mir im Zusammenhang mit den „Kriegserlebnissen" meines Vaters im Gedächtnis geblieben ist?

Als Kind hatte ich in den fünfziger Jahren manchmal danach gefragt. Meine Neugier deckte sich dabei durchaus mit denen meiner Schulkameraden ihren Vätern gegenüber.

Sehr beliebt von uns Schülern war es, unsere älteren Lehrer, die den Krieg überstanden hatten, nach ihren Kriegserlebnissen zu fragen. Meist sprangen diese auch darauf an, und die Unterrichtsstunde war für uns gelaufen.

Wie interessant fand ich es doch beispielsweise, als Vater als Soldat an der Vierlingsflak der Division „Hermann Göring" einmal einen Kampf mit einem Flugzeug beschrieben hatte. Das Flugzeug kam auf sie schießend zugeflogen. Es wendete. Sie ihrerseits wendeten die Kanone. Das Flugzeug griff erneut an… In meiner kindlichen Naivität fand ich es natürlich lustig, wie die beiden Gegner sich bekriegten. Dass sich die beiden dabei gegenseitig beschossen, dass es um Leben und Tod ging, dass der eine oder andere körperlich verstümmelt werden könnte, dass auch die pure Angst sich wenigstens für einige Momente breit machte, das verstand ich nicht.

Nun also kam Vater, fünfundzwanzig Jahre alt, zurück aus dem Krieg. Zwar hatte er das Abitur in der Tasche, aber noch keinen erlernten Beruf.

Deutschland gab es nicht mehr. Die Siegermächte hatten das Land bald in vier Zonen aufgeteilt: In die amerikanische, die britische, die französische und in die sowjetische Besatzungszone. Ja, der Krieg war vorbei. Doch das Leben musste weitergehen. Und es ging weiter! Wenngleich es viel Mut und Selbstüberwindung abverlangte. Denn nicht nur die Häuser waren zertrümmert. Schlimmer sah es oftmals in den Herzen der Menschen aus. War denn wirklich alles so falsch gewesen, woran man all die Jahre zuvor geglaubt hatte? Waren alle die großen Reden nur Lug und Trug gewesen? Die ganze Begeisterung, die Leidenschaft, der Glaube – alles war falsch gewesen? Und die vielen Toten, die für das Vaterland gefallen waren. Für umsonst? Nichts stimmte mehr? Aus der Traum vom Endsieg? Falsch, was in der Schule gelehrt wurde, dass am am deutschen Wesen die Welt genesen sollte? Nichts mehr blieb, als Schutt und Asche, nichts mehr als Verzweiflung, Schuld und Tod?

Zum Glück dauerte es nicht lange, und es regte sich da wieder etwas. Und recht lebhaft wurde das! Was wichtig war, es regte sich für die Kinder. Denn: Kinder müssen in die Schule gehen. Kinder müssen etwas lernen.

Aber wie? Es brauchte eine neue Schule und neue Lehrer. Alle bis dahin im Schuldienst angestellten Lehrer schienen zumindest ungeeignet für den neuen Schulunterricht. So wurden die bislang im Dienst stehenden Lehrer, die Mitglied der ehemaligen NSDAP gewesen waren oder die die neue Schulreform ablehnten, in der sowjetischen Besatzungszone vorläufig entlassen.

Wer möchte Kinder unterrichten?

Dieser Aufruf ging an die gesamte Bevölkerung in der sowjetischen Besatzungszone. Die wesentlichste Voraussetzung war, dass der Bewerber bewusst antifaschistisch-demokratisch gesinnt war. Zunächst musste er sich einer dementsprechenden Überprüfung unterziehen. Hatte er diese bestanden, konnte er an einem dreimonatigem Kursus teilnehmen. Ein viertel Jahr für einen gänzlich neuen Beruf! Einen schönen, schweren Beruf. Als Lehramtsbewerber wurden diese unterrichtenden Neulehrer bezeichnet. Nach zwei Jahren erfolgte die erste Lehrerprüfung. War diese Hürde übersprungen, wurde aus dem Lehramtsbewerber ein Lehramtsanwärter. Nach wiederum zwei Jahren musste die zweite Lehrerprüfung abgelegt werden. Wurde auch diese erfolgreich bestanden, war man ein „richtiger" Lehrer. Auch Lehrer, die geläutert der NSDAP-Ideologie abschworen, wurden wieder zugelassen. Schließlich mangelte es nach wie vor an Pädagogen.

Und welch ein Idealismus gehörte dazu, diesen gewiss nicht leichten Beruf zu ergreifen.

Denn es gab natürlich auch ganz andere Möglichkeiten, um aus dem damaligen Dreck möglichst schnell herauszukommen.

Nicht wenige Menschen begingen in jener Zeit ihren ersten Diebstahl.

Hunger – das war das Wort, das auf der Tagesordnung ganz oben stand. Woher bekomme ich etwas zu essen? Wo finde ich eine Arbeit? Wie komme ich zu Geld?

Der Lehrerberuf war dazu denkbar ungeeignet. 250 Reichsmark Bruttogehalt. Ein Brot kostete vergleichsweise 50 RM – auf dem Schwarzmarkt. Für 5 RM erhielt man eine Zigarette.

Zunächst musste auch Vater sich einer ideologischen Prüfung unterziehen und anschließend am einem dreimonatigem Kursus teilnehmen. Dann war er gewissermaßen schon Lehrer. So kam es durchaus vor, dass gerade die älteren Schüler gelegentlich mehr vom behandelten Unterrichtsstoff wussten, als die frisch eingesetzten Lehrer. Vaters erster Einsatz erfolgte an der Grundschule in Gohrisch. Schon ein Jahr später wurde er im wenige Kilometer entfernten Rosenthal an der dortigen Grundschule zum Schulleiter berufen.

Die neue, demokratische Schule stand vor scheinbar unlösbaren Problemen. Nahezu unvorstellbar, dass es nicht ein einziges Lehrbuch gab, geschweige denn einen Lehrplan, nach dem unterrichtet werden sollte.

Wie und womit also sollte ein Lehrer arbeiten?

Die einzige Hilfe war, dass der Kreisschulrat alles das, was im Unterricht behandelt werden sollte, auf ein größeres Blatt Papier aufschrieb und dieses den Lehrern zukommen ließ. Zudem herrschte Kombinationsunterricht vor. Das bedeutete, dass die Schüler der ersten bis zur vierten Klasse gleichzeitig in einem Klassenraum von nur einem Lehrer unterrichtet werden mussten. Ebenso die Schüler der fünften bis achten Klasse. Das hieß, dass beispielsweise die Schüler der ersten Klasse einen neuen Buchstaben erlernten, während sich die der zweiten Klasse im Schönschreiben übten und die Älteren versuchten, Aufgaben, die vorn an der Tafel standen, auf ihren Schiefertafeln zu lösen.

Die meisten Unterrichtsräume waren mit einem sogenannten Kanonenofen ausgestattet. Dieser wurde zwar schnell so heiß, dass das Ofenrohr zu glühen begann. Allein, er konnte keine Wärme speichern und erkaltete daher ebenso schnell. Doch woher überhaupt das Brennmaterial besorgen? Gemeinsam mit den Kindern sammelten und bettelten die Lehrer im Ort um Holz. So konnten im strengen Winter 1945/46 wenigstens ein bis zwei Stunden Unterricht im durch Talglichter etwas erhellten Raum stattfinden.

Jeder Schüler, der am Unterricht teilnahm, erhielt in der Schule eine dicke Scheibe Schwarzbrot. Für nicht wenige die einzige Mahlzeit am Tag. Daher schleppten sich die Kinder, selbst wenn sie krank waren, in die Schule.

Kein Papier – kein Lehrbuch - kein Schreibheft. Alles, was beschrieben werden konnte, wurde genutzt: Papierfetzen, Zeitungsränder. Papier, von der Straße aufgehoben. Alles diente dem Lernen. Und lernen wollten die Kinder. Geradezu wissensdurstig waren sie!

Viele der neuen Lehrer hielten nicht durch, waren den Anforderungen, den Entbehrungen nicht gewachsen.

Auch Vater gehörte zu denen, die davon überzeugt waren, dass ein hohes Wissen allein nicht genügt. Die Herausbildung eines neuen Bewusstseins musste gefördert werden. Alle Menschen müssten begreifen, dass das Alte falsch und vorbei war, dass der einzig richtige Weg nur der sein konnte, der jetzt von diesem neuen Staat, der vom Volk regiert werde, und von dem nie wieder ein Krieg ausgehen würde. Ja, Vater hatte, wie er mir sagte, die Schnauze voll vom Krieg. Bereits während des Krieges zeigte sich sein Widerwillen gegen das Soldatsein: Als er zum Gefreiten befördert worden war, hatte er erst nach vierzehn Tagen – und das nach ausdrücklicher Aufforderung seines Vorgesetzten – die neuen Schulterstücke und Winkel am Arm angebracht.

Nicht der Krieg allein mit seiner erwarteten „Normalität", für das Vaterland sterben zu dürfen, besser: einsam stöhnend unter höllischen Schmerzen zu verrecken, hatte bei Vater tiefste Spuren hinterlassen. Auch die Nachwehen des Krieges hatten neben Verwundungen ein andauerndes Leiden bei ihm hinterlassen – ein lebenslanges Magengeschwür. So sehe ich noch heute das kleine weiße Porzellantässchen auf seinem Nachtschrank stehen, in das er - meist nachts - bei seinen aufkommenden Schmerzen die graubraune „Luvox-Heilerde" einrührte und trank. Doch das alleine reichte nicht. In Rosenthal hatte er sich nachweislich durch eine Schülerin mit Lungen-Tbc angesteckt. Ich weiß nicht genau, wie oft er wegen dieser Krankheit den Schuldienst unterbrechen und in eine Lungenheilstätte musste. Ich weiß nur, dass er kaum einmal mehr als zwei zusammenhängende Schuljahre unterrichten konnte.

Hatte ich viele Jahre als Kind seiner Strenge wegen Angst vor ihm gehabt und war mein Verhältnis zu ihm später als Abiturient noch immer von recht großer Distanz geprägt, so änderte sich dies spürbar, als ich nach Erfurt zum Pädagogik-Studium ging. Erst da, als ich selbst Lehrer und in seinen Augen richtig erwachsen war, war das Eis zwischen uns vollständig gebrochen. Gleichwohl konnte ich meine Ängste als Kind nicht vergessen.

An jenem Abend, als er sein Stolzsein auf mich erkannte und ich ihn derart locker, ja geradezu gelöst erlebte, wurde mir bewusst, welch schlimmes, hartes Leben – seine zerschlagenen Jugendträume, der alles zermalmende Krieg, die nicht enden wollenden Krankheiten - er hinter sich hatte.

In diesem Moment wünschte ich uns beiden nichts sehnlicher, als dass der „Seelenfraß" endgültig der Vergangenheit angehörte.

Späte Genugtuung

Vierzig Jahre habe ich in meinem erstrebten, geliebten Beruf gearbeitet.

Nun ist es mir unmöglich, die Anzahl all derer, die ich mit Noten bewerten musste, zu nennen. Es waren so viele! Ich kann nur hoffen, dass wenigstens die meisten mit meiner Einschätzung zufrieden waren.

Was ich hingegen genau weiß, ist die Anzahl der Klassen, welche ich als Klassenlehrer zuerst in der DDR, später in der BRD führen durfte. Genau zehn waren es. Bedeutet, dass ich für etwa zweihundertundfünfzig junge Menschen die Abschlusszeugnisse geschrieben und sie mehr oder weniger damit ins weitere Leben entlassen habe. Für die meisten ging es in der DDR nach der zehnten Klasse weiter ins Berufsleben. Relativ wenige durften den direkten Weg Richtung Abitur mit wahrscheinlich anschließendem Studium ins Auge fassen.

Im Mai 1973 konnte ich, dank der Fürsprache eines Onkels bei einem Menschen im Büro des Erfurter Schulrates, nach meinem eineinhalbjährigen Wehrdienst an einer Erfurter Schule meinen Dienst antreten.

Bei meinem Beginn an der Neuerbeschule, der POS 27, wurde ich einer noch vierten Klasse als neuer Klassenlehrer vorgestellt. Dass daraus nichts wurde, ergab sich in den folgenden Sommerferien. Eine ältere Kollegin, genannt die Pudel-Richter, hatte überraschend ihren Dienst quittiert. So wurde ich statt der geplanten fünften einer achten Klasse als Klassenleiter zugeteilt. Der versprochenen fünften wurde ich als Deutsch – und Kunstlehrer vorgestellt.

Die Übernahme der Achten bedeutete für mich, dass ich zugleich zu deren Jugendstundenleiter berufen wurde. Die evangelischen Christen hatten ihre Konfirmation, die Katholiken, wie ich, feierten neben der Erstkommunikation noch die Firmung durch ihren Bischof. Die Jugendweihe, die ich selbst nicht erhalten hatte, konnte auf eine lange Tradition zurückblicken. Bereits 1859 wurde sie von frei religiösen Vereinigungen für Kinder der Arbeiterklasse veranstaltet. 1954 hatte die DDR diese Jugendweihe für sich wieder entdeckt und sie zur Unterstützung der staatsbürgerlichen Erziehung neu belebt. Mit der Jugendweihe wurden die Jugendlichen in den Kreis der Erwachsenen aufgenommen. Das Gelöbnis, das sie feierlich abgaben, enthielt vor allem moralische Forderungen der sozialistischen Gesellschaft. Es stellte sich jedoch heraus, dass das Alltagsverhalten der Jugendlichen nicht selten im Widerspruch zum Inhalt des Gelöbnisses stand. Die Feier zuhause endete übrigens in den meisten Fällen mit dem ersten richtigen Betrunkensein der Jugendlichen, weshalb ihnen meist auch der folgende Schultag seitens der Schule von vornherein erlassen wurde. So manche Familie mit christlichem Glauben steckte da in einem bitteren Dilemma. Um für den weiteren Bildungsweg nicht benachteiligt zu werden, hatte es sich nach und nach ergeben, dass auch christlich erzogene Jugendliche neben Konfirmation oder Erstkommunion an der Jugendweihe teilnahmen. Natürlich fiel den Jugendlichen, oft mehr noch deren Eltern, diese Entscheidung nicht leicht, zumal die Jugendweihe zunehmend einem Bekenntnis zum Atheismus gleichkam. Besonders in der katholischen Kirche waren die Bedenken, an der Jugendweihe teilzunehmen, groß. Einige, wenige Eltern, die wussten, dass ich sonntags zur Messe in die Kirche ging, sprachen mich an, fragten mich, wie sie sich entscheiden sollten. Ich gestand ihnen, dass ich selbst als Elternteil mit mir ringen würde, wenn ich vor diese Entscheidung gestellt wäre. Nein, ich konnte ihnen keine eindeutig richtige Entscheidung anbieten. Als meine Eltern Anfang der sechziger Jahre vor eben dieser Frage standen – schließlich wollte mein Vater, dass ich das Abitur machen sollte – , hatte er beim Bischof um eine Privataudienz gebeten. Dieser sagte ihm damals, dass die katholische Kirche keine Möglichkeit sehe, eine Ausnahme zu gestatten. Wie es mein Vater angestellt hatte, dass ich auch ohne Jugendweihe zur EOS gehen durfte, wird für immer sein Geheimnis bleiben.

Doch da christliche Familien zahlenmäßig ohnehin relativ gering in der Bevölkerung waren, kamen mittlerweile die Doppelfeiern auch nicht allzu oft vor.

Nachbetrachtend bin ich überzeugt, dass keiner meiner Schüler empfunden haben könnte, dass ich als Katholik ihnen auf großer Bühne vor Eltern und geladenen Gästen beim Überreichen der Urkunde sowie beim Aussprechen meiner Glückwünsche geheuchelt haben könnte. Hatte ich nicht. Im Gegenteil! Stolz war ich auf sie, auf meine Schüler. Hatte mich mit ihnen über ihren Ehrentag gefreut.

Drei Jahre später.

Meine einst mir versprochene fünfte Klasse bekam ich nun tatsächlich doch noch als Klassenleiter. Wieder eine achte Klasse.

Wieder hätte ich Jugendstundenleiter werden sollen. Wurde ich aber nicht.

Der Kollege Marius, der die Klasse bislang geführt hatte, war zu Höherem berufen worden. Er wurde Fachberater für sein Hauptfach Englisch. Und er, als Marxist, konnte nicht zulassen, dass ich, ein Christ, seine ehemalige Klasse zur Jugendweihe vorbereitete.

Inwiefern mich die Entbindung von dieser Aufgabe traf, weiß ich heute nicht mehr genau. Schade fand ich nur, dass ich meinen prächtig herausgeputzten Mädchen und Jungen meine Gratulation auf großer Bühne nicht aussprechen durfte.

Nun ging es gegen Ende der achten Klasse um ein äußert diffiziles Thema. Alle Fachlehrer der achten Klassen hatten sich im Lehrerzimmer versammelt, um festzulegen, wer von den Schülerinnen und Schülern zur EOS (Erweiterte Oberschule – entspricht dem Gymnasium) delegiert werden sollte. Die Leistungen

waren dafür nicht der alleinige Maßstab. Arbeiter- und Bauern-
kinder hatten die besten Karten. Vorrang hatten jedoch die Jungen, die versprachen, sich für drei Jahre bei der NVA (Nationale
Volksarmee) zu verpflichten. Das hieß auch, dass pro Junge je-
weils ein Mädchen in die höhere Schule zum Erwerb des Abiturs
geschickt werden konnte. Nun war es so, dass sich fünf Jungen
meiner Klasse für diese drei Jahre verpflichtet hatten. Es ging
also darum, welche fünf Mädchen sie zur EOS begleiten würden.
Dabei muss ich gestehen, dass es leistungsmäßig im Vergleich zu
den Jungen etwa doppelt so viele Mädchen verdient hätten.

So begann eine heiße Diskussion, in der gestritten, abgewogen
und geradezu gefeilscht wurde. Ausgerechnet gegen Marianne,
die Klassenbeste, die nach meinen Erfahrungen Intelligenteste,
sprach sich mein Vorgänger vehement aus. Während ich sie
durchaus hatte spüren lassen, dass ich sie ob ihrer Intelligenz be-
wunderte, konnte mein Vorgänger das absolut nicht. Er warf ihr
Charakterlosigkeit und Überheblichkeit vor und verwies auf viele
Auseinandersetzungen mit ihr. Vielleicht wäre es gut gewesen,
wenn ich ihn ein paar ihrer Deutscharbeiten hätte lesen lassen.
Aber nein, seiner Überzeugung nach hätte Marianne es im Vergleich zu anderen nicht verdient, das Abitur machen zu dürfen.
Zum Glück stand ich nicht allein mit meiner Begründung und
Analyse für Marianne da. Das Ergebnis der Abstimmung fiel zwar
knapp, doch letztlich zugunsten meiner Schülerin aus.

Marianne ging ab dem neuen Schuljahr auf die EOS.

Damit verlor ich sie, wenn auch nicht gänzlich, aus den Augen.

Erst einige Jahre später, sie musste Mitte zwanzig sein, begegnete ich ihr per Zufall. Im größten Möbelhaus am Gagarin-Ring
in Erfurt war sie gerade dabei, ein Schaufenster zu dekorieren.
Vor der riesigen Scheibe machte ich mich durch Fuchteln mit den
Armen bemerkbar. Als sie mich bemerkte und mich erkannte, gab
sie mir ein Zeichen, und wir trafen uns im Haus und redeten eine
lange Zeit miteinander. So berichtete sie, dass sie den Abschluss
zur Schrift- und Grafikmalerin gemacht habe. Die Ausbildung

dazu war in Erfurt und Berlin erfolgt. Die Arbeit am Möbelhaus gefiele ihr zwar, doch war sie überzeugt, dass es das für sie noch nicht gewesen sein konnte. Ich stimmte ihr zu, denn nach wie vor war ich davon überzeugt, dass ein noch viel größeres Potential in ihr steckte.

Das sogenannte „Wendejahr" war ein Segen für sie.

Noch 1989 erlangte sie den Abschluss einer Werbegestalterin. Zwei Jahre später studierte sie Grafikdesign in Wiesbaden, und wiederum ein Jahr darauf war sie bereits freiberuflich als Grafik-Designerin tätig. Was mich besonders freute, war, dass es von nun an steil bergauf mit ihrer Karriere ging. 1996 wurde sie freie Dozentin für visuelle Kommunikation und Marketing, von 2000 bis 2005 geschäftsführende Designerin der Agentur PURES. 2007 war es soweit: Marianne wurde Mitglied im Verband Bildender Künstler Thüringen e.V.. Damit konnte sie 2008 erstmalig an der Kunstmesse „artthuer" teilnehmen. Ab 2010 ist sie freie Dozentin für Konzeption und Visualisierung, Mediengestaltung Digital/ Print. So ist es beinahe selbstverständlich, dass sie an verschiedenen Orten (u.a. in Erfurt, Berlin, Arnstadt, Eisenach, Gotha, Kassel, Darmstadt) ihre Werke ausstellte .

Ja, im Laufe meiner vierzig Jahre als Lehrer habe ich die verschiedensten Charaktere kennengelernt. Nicht in jedem Fall hatte ich mit meiner Mutmaßung Recht behalten, wie sich die Schüler entwickeln, wie sie das Leben meistern würden. Es gab durchaus niemals vermutete Enttäuschungen. Um so größer meine Genugtuung, dass ich bei Marianne absolut richtig gelegen, dass ich auf meiner Entscheidung damals beharrt hatte.

Prager Botschaft

Riesig war meine Freude und die meiner Frau, wenn wir während der Sommerferien in den achtziger Jahren für vierzehn Tage zu Onkel Franz kommen durften. In das Seebad Ahlbeck auf der Insel Usedom. In eins der drei ehemaligen Kaiserbäder: Ahlbeck. Heringsdorf und Bansin.

Onkel Franz, der Schulfreund meines Vaters, war wie er nach dem Krieg aus dem Sudetenland Vertriebener und mit seiner Mutter und seinen zwei Schwestern an diesen Ostseestrand ins benachbarte nach Heringsdorf gespült worden. Vielleicht eins sechzig mag er gewesen sein, von untersetzter Gestalt. Beim Gehen zog er ein Bein, verletzt im Krieg, hinterher. Unvergesslich für mich, sein rundes, unglaublich liebenswertes Gesicht. Als könne er nicht anders, lag stets ein Lachen, wenigstens ein Lächeln darauf. Ihn sich böse, ja nicht einmal unzufrieden dreinblickend vorzustellen, war ausgeschlossen.

Ohne dieses Privileg, bei ihm sein zu dürfen, hätten wir trotz jahrelanger Gewerkschaftszugehörigkeit gewiss niemals diesen Ort erleben dürfen. Für diesen Urlaubsplatz kamen andere in Frage. Wie ich am Strand aus Gesprächen heraushören konnte, hatten die meisten der Sandburg- oder die Strandkörbe-Bewohnenden einen stärkeren guten Draht zu denen, welche die Urlaubsplätze vergaben. Dieser Draht schien mir sehr fest und meist für sie selbst auch sehr zum Vorteil zu sein.

Wie gesagt – ohne Onkel Franz, für uns kein Ostseeurlaub.

Seine Wohnung selbst bestand dabei aus lediglich zwei Zimmern: einem Wohn-Schlafzimmer mit Balkon nach Norden und einer Küche über den Flur. In letzterer hielt er sich während unseres Besuchs ausschließlich auf. Nur, wenn er ein Brathähnchen in unglaublich viel Butter und mit reichlich Knoblauch zubereitet hatte, klopfte er an die Tür, und wir genossen gemeinsam dieses einmalig köstlich zubereitete Essen mit einem Glas kalten Bier.

Ich weiß nicht, ob ich in meinem Leben jemals wieder einem solch gutmütigen Menschen begegnet bin. Ich kann mich jedenfalls nicht daran erinnern.

Onkel Franz arbeitete in einer Großbäckerei in Wolgast. Hatte er Nachtschicht und kam frühmorgens von der Arbeit zurück, dann hängte er draußen frische Brötchen in einem kleinen, bunt bedruckten Leinensäckchen an unsere Türklinke. Ein Komfort, den besonders ich außerordentlich zu schätzen wusste. Hatte Onkel nämlich Normalschicht, musste ich gegen sechs Uhr raus aus den Federn, um mich beim rund fünfhundert Meter entfernten Bäcker Blunk in die lange Warteschlange wegen frischer Brötchen anzustellen. Nach gut einer halben Stunde kehrte ich mit vier warmen, köstlich duftenden Brötchen zurück. Hielt ich diese meiner noch im Bett liegenden Frau unter die Nase, war diese augenblicklich wach.

Meist fuhren wir nach vierzehn Tagen mit der Bahn ab Ahlbeck zurück nach Erfurt. Leider hatten wir nicht immer das Glück, während unseres Urlaubs an der See ausschließlich Sonne zu tanken. Es gab auch durchaus Urlaube, in denen wir bei Regen ankamen und Ahlbeck nach vierzehn Tagen, ohne einmal am Tage die Sonne gesehen zu haben, wieder verließen. Garantierte Sonnentage im Urlaub gab es eben an der Ostsee nicht.

Indes, wenn ich in Ahlbeck am Sandstrand bei sonnigem Wetter auf den Dünen saß und mir den feinen Sand durch die Finger rieseln ließ, dann blickte ich sehnsuchtsvoll gen Osten, wo vom polnischen Swinemünde aus in unterschiedlichen Abständen die weißen Fährschiffe Richtung Schweden fuhren.

Leider waren sie für mich so unerreichbar wie eben auch ein sonnensicherer Urlaub in Italien oder Griechenland, oder…

Weshalb eigentlich nicht? Ich war verheiratet, hatte eine komfortable Wohnung und einen Beruf, in dem ich mich wohlfühlte. Familie und Freunde lebten hier. Weshalb also hätte ich das alles verlassen sollen?

Nur, dieses Misstrauen, dieses willkürliche Eingesperrtsein brachten mich auf. Noch war ich relativ jung. Sollte dieser Zustand des permanenten Unwohlseins, dieser Unzufriedenheit bis zur Rente andauern?

An einem Silvesterabend mit Freunden und Bekannten in Erfurt-Gispersleben kamen der Gastgeber Rolf und ich mehr oder weniger gezielt in ein folgenreiches Gespräch. Seit mehreren Jahren kannten wir uns, und wir offenbarten in unseren Gesprächen unsere Unzufriedenheit mit dem Eingesperrtsein in diesem Staat. In einem waren wir uns einig: Wir hatten Arbeit. Wir mussten nicht hungern. Wir hatten Freunde. Und ja, wir lebten in einer wundervollen, historisch schönen Stadt. Insofern ging es uns gut. Nur etwas hatten wir nicht: Wir waren nicht frei.

Freie Wahlen – das war der größte Betrug, die tollste Manipulation. Frei wählen dürfen – was hieß das: Wählt die Kandidaten der Nationalen Front! In dieser waren alle scheinbar souveränen Blockparteien vereint. Hieß also: Du darfst nicht die (Ost-)CDU, die NDPD, die DBD oder die LDPD als solche wählen – sondern immer schön im Block mit der SED. Heißt – du wähltest alle Parteien in einem Block, und die SED als stärkste Partei war stets die Siegerin, die allmächtig bestimmende Partei. Das also war die deutsche, demokratische Republik.

Die Möglichkeit, eine Wahlkabine zu betreten, bedeutete, dass du verdächtig bist, etwas gegen unseren Staat zu haben… Dies konnte zur Folge haben, dass du Besuch an der Haustür erwarten durftest. Schon wenn du als Lehrer z.B. keine Flagge am 1. Mai herausgehängt hast. Dann erhältst du Besuch…

Es reichte!!

Darüber waren Rolf und ich uns einig.

Was aber tun?

Im Mittelpunkt stand die entscheidende Frage: Wie können wir gemeinsam mit Frau und Kind das Land möglichst sicher verlassen…?

Es gab nur einen illegalen Weg.

Schnell waren wir uns darin einig, einen Versuch wagen zu müssen. Aber, auch das war uns klar, ohne Hilfe von „draußen" war das kaum möglich.

Die effektivste und größte Hilfe erwarteten wir von einer Botschaft der Bundesrepublik Deutschland. In Berlin? Zu auffällig.

So entschieden wir uns für die geografisch naheliegendste Botschaft in Prag.

Mit dem Zug in Prag eingetroffen, stiegen wir aus und orientierten uns an einem Stadtplan. Als Touristen einen solchen mitzuführen, war logisch und daher absolut unauffällig.

Zunächst irrten wir umher, ehe wir die Straße mit der gesuchten Botschaft herausfanden.

Soweit ich mich erinnere, war es eine relativ schmale, helle, leicht gekrümmte Straße , in die wir einbogen.

Als interessiere uns die Tür der Botschaft nicht, schlenderten wir uns unterhaltend an ihr vorbei. Nach etwa einhundert Metern machten wir Halt und schauten scheinbar diskutierend in den Stadtplan. Rolf zeigte mit dem ausgestreckten Arm in die Richtung, aus der wir gekommen waren, und wir kehrten um. Während dieser „Wanderung" sahen wir mal nach vorn, mal hinter uns, um uns zu versichern, dass niemand uns verfolgte. Als wir glaubten, keinen Menschen ausgemacht zu haben, der uns nachspionierte, eilten wir auf die anvisierte Tür zu, drückten die Klinke herunter und verschwanden im Gebäude.

Erst jetzt wurde uns das heftige Schlagen unserer Herzen, wurden uns die Schweißtropfen auf unserer Stirn bewusst. Schließlich hätten wir auch, wäre diese Aktion missglückt, im Gefängnis landen können…

Beruhigt und neugierig zugleich, blickten wir uns in dem relativ großen Raum um. Nach nur einigen Augenblicken öffnete sich eine der Türen, und ein älterer Herr kam auf uns zu. Mit wenigen Worten erklärten wir, woher wir kämen und dass wir den Herrn Botschafter zu sprechen wünschten. Der Mann überlegte einen Moment, sah uns wortlos, doch unübersehbar erstaunt an und führte uns dann direkt in das Empfangszimmer des Botschafters.

Der etwa Fünfzigjährige stand hinter seinem Schreibtisch auf, nahm sein dunkelblaues Jackett von der Stuhllehne und zog es sich über.

Nachdem wir uns erneut vorgestellt hatte, bat er uns in den mächtigen, lederbezogenen Sesseln, welche vor einem runden Eichenholztisch gruppiert waren, Platz zu nehmen.

Geduldig und mit ernstem Gesichtsausdruck hörte er unser Anliegen, die DDR illegal verlassen und in die BRD übersiedeln zu wollen, an.

Nachdem wir fertig waren mit Begründungen und Argumenten für unseren festen Entschluss, schwieg er eine Weile. Dann stellte er die entscheidende Frage: Wie hätten wir uns denn die Flucht – eine solche war es schließlich – vorgestellt?

Wir dächten an gefälschte Pässe mit gefälschten Stempeln…

Unvermittelt stand der Botschafter auf, ging hinter seinen Schreibtisch, griff in eine Schublade und kehrte mit seinem Reisepass in der Hand zurück. Vor unseren Augen blätterte er Seite um Seite um und verwies auf die unzählig vielen Stempel, welche er auf seinen unzählig vielen offiziellen Grenzüberschreitungen in seinem Pass erhalten hatte. Dann erklärte er, dass die zweifarbigen, in rot und grün gehaltenen Stempelfarben nicht nur tageweise, sondern auch stundenweise geändert werden würden. Aber nicht nur Farbe und Uhrzeit seien unterschiedlich, auch die Anzahl der kleinen Sternchen seien variabel angeordnet.

Wollten wir als also von Prag mit dem Zug über die Grenze, müssten wir Pässe vorweisen, in denen auch gültige Einreisevisa in die Tschechoslowakei mit richtigen Stempeln versehen seien müssten.

Und diese seien ausschließlich für enorm viel Geld von zudem von recht zweifelhaften „Helfern" zu bekommen...

Zugegebenermaßen niedergeschlagen, doch nicht endgültig von unserer Absicht überzeugt, in die Bundesrepublik Deutschland zu gelangen, verließen wir Prag und fuhren von dort über Dresden wieder zurück nach Erfurt.

Was uns erst später bewusst wurde: Wir beide zählten wohl zu den Ersten überhaupt, die die Möglichkeit einer Ausreise aus der DDR über die Einbeziehung einer Botschaft der BRD in Erwägung gezogen hatten. Der Besetzung der Deutschen Botschaften, zum Beispiel auch der in Warschau, folgte wenige Jahre später bald der der legendären in Prag, welche schließlich einen welthistorischen Prozess, den Zusammenbruch des gesamten sozialistischen Systems, einleitete.

Es reicht!

Betrunkene und Kinder sagen die Wahrheit, heißt es. Wie wahr! Ausgerechnet Kinder, Schüler meiner fünften Klasse, hatten mich dazu bewogen, wenngleich unbeabsichtigt, die Wahrheit zu sagen, hatten mich dazu provoziert, etwas gegen die herrschende Doppelmoral zu tun.

Nein, ich mochte, ich konnte die Falschheit einfach nicht mehr ertragen. Heuchelei und Angst hatten sich breitgemacht, waren bis in die letzte Ecke unseres Volkes gedrungen. Wie sonst ließe es sich erklären, wenn Gedanken, Meinungen, Beurteilungen im Kreise der Familie geheim bleiben mussten und völlig anders, ja geradezu entgegen gesetzt in der Öffentlichkeit oder auf der Arbeitsstelle geäußert wurden? Lügen hatten Hochkonjunktur, bestimmten den Alltag, wurden zur bequemen Normalität. Da rasten die Bob-Piloten unseres Landes mit BMW-Emblemen auf ihren Helmen international von Erfolg zu Erfolg. Und eine Schülerin unserer Schule wurde beim Fahnenappell von der Direktorin nach Hause geschickt, weil sie mit einem Plastikbeutel mit Marlboro-Reklame drauf erschienen war, den sie aus dem Urlaub mit ihren Eltern am Balaton im befreundeten sozialistischen Ungarn mitgebracht hatte.

Das Fass der Heuchelei zum Überlaufen brachte für mich eine Situation während einer Unterrichtsstunde im Fach Deutsch. Ich erörterte mit meiner Fünften die Frage, wie lange sie am Tag, in der Woche vor dem Fernsehapparat sitzen und was sie sehen sollten. Beim Sandmännchen waren sich fast alle einig. Manch einer leugnete natürlich, dass er diese Sendung noch sehe. Dann jedoch begann, wie von mir erhofft, eine lebhafte Diskussion. Freimütig erzählten die Schüler, wie lange es ihnen ihre Eltern erlaubten fernzusehen. Beim Thema, welche Sendungen sie anschauten, gingen die Angaben weit auseinander. Schließlich einigten wir uns wieder auf die Kindersendungen.

Nun wurde es interessant und schwierig zugleich. Denn neben den DDR-Sendungen des Kinderfernsehens wurden auf einmal auch die „Sesamstraße" oder die „Mupped-Show" mit einem lächelnden Blick zu mir genannt. Daher wurde wiederum von einigen gefragt, auf welchem DDR-Sender denn diese Sendungen liefen.

Ich nutze eine kleine Pause, setzte mich auf den Lehrertisch, sah in die erwartungsvollen Augen und begann so ruhig und sachlich wie möglich: Nun, wir alle haben an unserem Fernseher mehr als zwei Knöpfe. Dadurch kann man verschiedene Sender empfangen. Nicht nur die beiden DDR-Sender, sondern auch die Sender aus dem Westen. Wie zum Beispiel die „Sesamstraße". Ich meine, im DDR-Fernsehen gibt es viele gute Kinderprogramme und vielleicht auch weniger gute. Aber auch im Westfernsehen gibt es gute und weniger gute.

Erst blieb es ruhig. Dann schien das Eis gebrochen und die Schüler begannen über alle Kindersendungen lebhaftig zu diskutieren.

Natürlich war diese freie Redemeinung für manche ungewohnt. Ich selbst wusste, dass ich diese Chance letztlich irgendwie ersehnt hatte. Wenngleich ich mir des Risikos bewusst war: Von mindestens einer Schülerin wusste ich, dass der Vater bei der Staatssicherheit (im Volksmund genannt: Horch und Guck) tätig war.

Zum Glück blieb es still, und in gewisser Weise war ich damit doppelt erleichtert.

Nein, ich wollte weder Held noch Feigling sein. Am meisten indes imponierten mir die Offenheit und der Mut meiner Schüler.

Doppel- Referat

Natürlich hatte mich als Jugendlicher Politik absolut nicht interessiert. Weshalb auch? Das war schließlich etwas für die Alten. Für meinen Opa zum Beispiel. Ich konnte einfach nicht verstehen, dass er jeden Abend zur gleichen Stunde vor dem Radio hing und von einem Westsender „Das Echo des Tages" hörte.

Im Laufe der Jahre änderte sich meine Meinung. Spätestens mit Studienbeginn hatte ich begriffen, welch elementare Rolle die Politik auch für mich in meiner Biografie spielen sollte.

Mit Beginn als Lehrer war ich ja in die CDU der DDR eingetreten. Als ich einige Jahre später, zurück in Erfurt, als Lehrer arbeitete, dauerte es nicht lange, und der CDU-Vorstand der Stadt Erfurt war auf mich aufmerksam geworden. Die Anzahl der Lehrer, die in der CDU oder in anderen Blockparteien waren, hielt sich in Grenzen. Bald wurde ich Ortsgruppenvorsitzender, einige Jahre später Stellvertretender Vorsitzender des Stadtbezirkes Erfurt-Nord. Alle Funktionen waren selbstverständlich ehrenhalber.

Im Herbst 1985 wurde ich vom Bezirksvorstand für einen Weiterbildungslehrgang ins Schulungszentrum der CDU nach Burgscheidungen vorgeschlagen.

Ein viertel Jahr, von Januar bis März 1986, dauerte dies.

Viele neue Menschen, die gleich mir im Staate DDR aufgewachsen waren, die diesen sowohl in seinem Wesen akzeptierten, als auch ihn zu verändern wünschten, begegneten mir dort. Sehr breit gefächert waren ebenfalls, selbst wenn sie bewusst nicht geäußert wurden, die ideologischen Ansichten der Seminarleiter.

Meist allerdings ließen diese kaum einen Zweifel am glücklichen Fortbestand der Existenz der DDR.

Nur einen Seminarleiter muss ich aus dieser Seminarriege hervorheben. Leider weiß ich seinen Namen nicht mehr. Was ich aber nicht vergessen habe, ist seine Prophezeiung: Wenn Sie alle wieder zuhause sind und Jahre vergangen sind, dann haben Sie wahrscheinlich alle die klugen Dinge von hier vergessen. Vielleicht aber werden Sie dieses Seminar bei mir nicht vergessen, weil wir zu Beginn der Seminarstunde stets gemeinsam mit einem Lied begonnen haben.

Wie recht doch der Mann behalten sollte! Nichts mehr weiß ich aus all den Seminaren. Doch dass wir bei ihm gesungen hatten, weiß ich noch…

Nun bestand unser Tagesablauf am Vormittag stets aus Lesungen und Seminaren. Ab der Hälfte unserer Studienzeit kam hinzu, dass wir selbst Referate zu vorgegebenen Themen in unseren Seminargruppen halten mussten. Mein Thema: Die Vorzüge und die Vielfältigkeit unserer sozialistischen Schule.

Sechzehn Jahre war ich bislang Lehrer gewesen. Für mich also kein Problem, die Vorzüge der sozialistischen Schule in einem rund zwanzigminütigem Referat herauszuarbeiten.

So saß ich in meinem kleinen Arbeitszimmer neben kleiner Lampe an meinem Arbeitstisch und versuchte, eine Struktur in das Referat zu bekommen.

Welche Bereiche der Schule wären denn da so von Belang?: Die Themen der Unterrichtsfächer, die Organisation der Jungen Pioniere, die FDJ, die Jugendweihe, der Polytechnik-Unterricht, die Abi-Delegierungen, die Offiziersbewerbungen,…

Als ich vom Seminarleiter für mein Referat aufgerufen wurde, trat ich hinter das Pult und begann.

Als ich endete, bekam ich den verdienten allgemeinen Applaus. Nun aber bat ich die Zuhörer, das gleiche Referat zu den gleichen Punkten noch einmal halten zu dürfen. Gleich zu Beginn wies ich darauf hin, dass meine soeben vorgetragene, idealisierte

Darstellung völlig falsch sei und mit der Wirklichkeit im schulischen Alltag absolut nichts zu tun habe. Nun möchte ich die ungeschminkte, persönlich erfahrene Wahrheit darstellen... So berichtete ich anhand von konkreten Beispielen von den sozialen Missständen in verschiedenen Familien, von der Art, wie schlampig, ja widerwillig manche Pioniernachmittage durchgeführt würden. Ich erzählte vom Kampf mancher Eltern, sich zwischen Kirche und Staat entscheiden zu müssen - Jugendweihe ja oder nein. Ohne Teilnahme am Wehrkundeunterricht kein Abitur. Und so weiter...

Nach meinem Referat herrschte diesmal Stille.

Vorerst. Dann prasselte es Beifall.

Der Seminarleiter indes meinte, als sich der Beifall gelegt hatte, dass er ein solches Referat nicht für sonderlich glücklich hielte.

Was ich noch als bemerkenswert hinzufügen möchte: Nachdem mein dreiwöchiges Seminar vorbei war, war man seitens der Schulleitung überrascht, dass ich mich dort zurückmeldete, da man angenommen hatte, dass ich mich nun hauptberuflich der CDU zugewandt hätte.

Dem war nicht so. Ich wollte doch nur Lehrer sein.

Dieser Wunsch trug lediglich noch zwei Jahre. Bis zu meinem richtigen Rausschmiss wegen meines Ausreiseantrags, denn dann hatte ich gemeinsam mit meiner Frau nach den vielen staatlichen Lügen das Handtuch geworfen.

Ende gut. Alles gut?

Abschluss an einer Pädagogischen Hochschule in Erfurt und achtzehn Jahre Lehrertätigkeit reichten nach der Übersiedelung in den anderen Teil Deutschlands nicht, um auch dort einfach in diesem Beruf weitermachen zu können. Was ich nicht wusste: Mit dieser Unmöglichkeit hätte ich in jedem Bundesland rechnen müssen. War es doch so, dass zum Beispiel selbst ein in Nordrhein-Westfalen ausgebildeter Pädagoge nicht so ohne weiteres im Land Niedersachsen an einer Schule unterrichten durfte. Auch hier bedurfte es einer mehr oder weniger längeren Überprüfung.

Hieß für mich, nachdem mir vom Kultusministerium in Hannover mein Abitur voll, mein Hochschulabschluss nur als Erste Staatsprüfung anerkannt wurde, dass ich, falls ich als Realschullehrer unterrichten möchte, das Zweite Niedersächsische Staatsexamen ablegen musste.

Mit ungemein viel Bauchgrimmen gelang es mir, die einneinhalbjährige Referendarzeit und die Abschlussprüfung zu bewältigen. Ich übertreibe nicht, wenn ich behaupte, dass diese Zeit die schlimmste, die erniedrigendste, schwierigste Zeit meines Leben war. Mit zunehmender Dauer wurde ich statt selbstbewusster, immer mehr verunsichert. Ich steigerte mich in meiner Angst soweit – denn nichts anderes war es ja –, dass ich mich Sonntagabend in die Ecke unseres Sofas drückte und mich nicht traute ins Bett zu gehen, da ich am nächsten Morgen wieder in die Schule musste.

Ein halbes Jahr, nachdem ich an der Wolfsburger Eichendorffschule eine Anstellung bekommen hatte, erfuhr ich, dass man mir bei meiner Abschlussprüfung im Ausbildungsseminar übel mitgespielt hatte…

Am Tag meiner Abschlussprüfungen in Wolfenbüttel wurde mir vom prüfenden Deutsch-Seminarleiter mitgeteilt, dass meine schriftliche Abschlussarbeit im Fach Deutsch mit der Note „Vier" bewertet wurde.

Als ich das hörte, war es mir augenblicklich, als hätte mir jemand die Beine unter meinem Körper weggeschlagen. Fortan war ich kaum mehr in der Lage, irgendeinen klaren Gedanken zu fassen. Zumal ein erfahrener Kollege an meiner Praktikumsschule, nachdem er meine Arbeit gelesen hatte, mir versicherte: Das ist dein Freifahrtschein für die Prüfung! Fairerweise bot man mir eine Pause an, welche ich dankend ablehnte. Hatte ich doch nur noch den einen Wunsch, endlich alles hinter mich gebracht zu haben. Ganz gleich, wie und mit welchem Ergebnis.

Der beste Beweis für meinen Black-out ist, dass ich bei meiner letzten mündlichen Prüfung in Kunst gefragt wurde, was ein „Druck" ist und ich darauf antwortete: „Ich weiß es nicht." Dabei hatte ich für mich selbst und im Kunstunterricht mit Schülern die verschiedensten Druckarten (Hoch-, Tief-, Flach-, Materialdruck usw.) angewandt. Besonders die Monotypien hatten interessante, zeichnerische Fähigkeiten der Schüler erbracht.

Nun also hatte ich den Prüfungstag in Wolfenbüttel überstanden und ich das Examen in der Tasche.

Was ich damals wie heute als einen „Sechser im Lotto" bezeichnen möchte, war, dass ich bereits vor der Abschlussprüfung die Stelle als Lehrer in Wolfsburg sicher hatte – vorausgesetzt natürlich das erfolgreiche Examen. Insofern schmerzte mich zwar die zweifelhafte Benotung, doch die Arbeitsstelle in Wolfsburg war mir ungleich wichtiger. Zumal nach mir, wie man so sagt, die Tür zuging, was eine Neueinstellung von Lehrern betraf.

Nun also, ein halbes Jahr später, nachdem ich an der Schule begonnen hatte, erfuhr ich, dass eine Referendarin, die auch aus dem „Osten" gekommen war, ebenso wie ich bewertet worden war. Sie allerdings hatte Widerspruch eingelegt, ließ die Sache prüfen und ihre Note „Vier" wurde in eine „Zwei" korrigiert.

Also, Ende gut, alles gut. Könnte ich sagen.

Doch die Referendarzeit war mit der Examensprüfung nicht vorbei. Erst mit dem 31. Oktober endete diese. So genoss ich es, ohne jedwede Belastung dienstags und donnerstags zum Fach- bzw. Pädagogenseminar nach Braunschweig zu fahren.

Nun gehörte zum Fachseminar neben meinen Hauptfächern Kunst und Deutsch auch das Drittfach Textiles Gestalten. Leider hatte es in Braunschweig neben meinen beiden Erstfächern als Drittfach nur noch dieses eine gegeben.

So lernte ich in den eineinhalb Jahren bei meiner mich betreu- ende Mentorin an der Leibnitz-Realschule in Wolfenbüttel das Beherrschen einer Nähmaschine aufs Beste kennen.

Meine Seminarleiterin indes freute sich natürlich ungemein, dass sie zum ersten Male einen männlichen Teilnehmer begrüßen konnte.

Ich selbst nahm dieses Drittfach ernst, wenngleich ich es ehrli- cherweise nicht liebte. Doch so überstand ich auch diese Heraus- forderung im Alter von gut vierzig Jahren.

Die Seminarleiterin wohnte in Salzgitter, und sie lud unsere kleine Gruppe – vier Frauen und mich – zum letzten Seminar- unterricht zu sich nachhause in ihren Garten ein. Bei Kaffee und Kuchen saßen wir da und plauderten miteinander über fachliche Dinge. Als die Seminarleiterin auf die Technik des Häkelns kam, bezog sie natürlich auch mich in ihren Blickkreis. Gut erzogen, wie ich zu sein glaube, hörte ich ihr sehr aufmerksam zu. Erfreut, mich so interessiert zu sehen, widmete sie sich mir mehr und mehr und erklärte mir so manche Häkelgeheimnisse. Nach gut einer halben Stunde, nachdem sie mir auch den letzten Häkelkniff verraten und sie in mein noch immer ernsthaftes Gesicht schaute, fragte sie plötzlich: „Aber, Sie können doch häkeln..."

Niemals werde ich vergessen, wie ihr Gesichtsausdruck inner- halb eines Sekundenbruchteils von stolz und hocherfreut in ei- nen zutiefst bitter enttäuschten wechselte, als ich ehrlicherweise gestand: „ Ich habe absolut keine Ahnung vom Häkeln."

Fazit

Während ich diese Zeilen schreibe, bin ich vierundsiebzig und seit elf Jahren im Ruhestand. Ich bin einfach nur ein Rentner.

Der Endlichkeit meines Lebens sehe ich mehr oder weniger gelassen entgegen. Was sollte ich auch anderes tun, nach zwölf Jahren Schulzeit, acht Semestern Hochschulstudium und vierzig Jahren Arbeit als Pädagoge?

Mein Blick in die Zukunft ist absolut unklar. Zum Glück?

Ungleich leichter ist der Schulterblick. Wenngleich ich dabei doch gelegentlich zusammenzucken muss.

Bis zum August 1988 hatte ich in Erfurt ein relativ stetes Leben geführt. Dann jedoch begannen die großen Veränderungen: Das permanente, staatliche Belogenwerden und die Erwartung, dies auf Lebenszeit nicht nur zu dulden sondern es mitzutragen, hatten mich zur Entscheidung getrieben, den Ausreiseantrag zu stellen.

Was danach folgte, liest sich heute so unglaublich einfach: Entlassung nach achtzehn Jahren aus dem Schuldienst. Ein knappes Jahr Hilfsgärtner im Katholischen Ursulinenkloster. Ausreise im August 1989 über Gießen zu Verwandten nach Baden-Württemberg. Im November Umzug nach Wolfenbüttel. Von 1990 bis 1991 eine eineinhalbjährige Referendarzeit mit dem Abschluss Realschullehrer. Ab November 1991 bis 2010 Lehrer an der Wolfsburger Eichendorffschule. Danach Rentner…

Was vor der Ausreise in mir und um mich herum ablief, ist eine gänzlich andere Sache. Natürlich waren mir und meiner Frau klar, was wir mit dem Ausreiseantrag in Bewegung gesetzt hatten. Freunde wurden knapper. Kollegen, mit denen ich jahrelang zusammen gearbeitet hatte, gingen mir aus dem Weg, wechselten buchstäblich, wenn sie mich in der Stadt trafen, die Straßenseite. Andere wiederum hielten mir die Treue, versuchten bewusst, mich als Solidaritätsbekundung, zu treffen.

Treffen, die mir natürlich guttaten.

Unmittelbar vor der Ausreise hatte ich mich mit meiner sechzehnjährigen Tochter getroffen, welche bei ihrer Mutter lebte. Diese war nach unserer Scheidung wieder verheiratet mit einem Mann, den ich seit meiner Studienzeit kannte. Ein intelligenter und mehr als guter „Ersatzvater" für meine Tochter. Wusste ich zwar um die gute Obhut meiner Tochter, so zerriss es mir doch das Herz, als wir uns einander verabschiedeten. Zumal ich mir dessen bewusst war, dass ich sie auf unbestimmte Zeit – vielleicht zehn oder zwanzig Jahre – nicht mehr wiedersehen dürfte. Trotzdem oder gerade deshalb wollte ich nicht mehr in solch einem herzlosen Staat leben.

Mit Ankunft im August bei Verwandten in Albershausen, bei Göppingen, begann jedoch eine neue Leidenszeit ungeahnter Art. Wir waren alles andere als willkommen in diesem anderen Teil Deutschlands: Ohne Arbeit, keine Wohnung. Ohne Wohnung, keine Arbeit.

Relativ schnell wurde mein Abitur vom Kultusministerium anerkannt. Um jedoch wieder als Lehrer eingestellt zu werden, müsste ich die Zweite Staatsprüfung des Landes Baden-Württemberg ablegen. Ein Professor an der Hochschule in Ludwigsburg, den ich angesprochen hatte, gab mir bereitwillig und freundlich die Anschrift und Telefonnummer eines seiner zuständigen Kollegen, an dem ich mich wenden sollte, meine mögliche Referendarzeit betreffend.

Zurück zu meiner Frau, die in Bad Cannstatt vor dem Bahnhof auf einer Bank auf mich wartete, setzte ich mich und begann augenblicklich zusammengekrümmt fürchterlich zu weinen und zu schluchzen. Ich war am Ende. Weder sah ich einen Weg nach vorn, noch zurück. Nur nach unten ging es. Endlos ins Bodenlose.

Rückblickend meine ich, einen Nervenzusammenbruch durchlebt zu haben.

Dank der Zusage einer jüdischen Familie bekamen wir durch eine Zeitungsannonce eine Zwei-Zimmer-Wohnung in Bad Cannstatt. Eine Wohnung mit vergitterten Fenstern im Erdgeschoss.

Am Tag, an dem wir einzogen und zunächst auf zwei mitgebrachten Campingliegen nächtigten, war meine Frau am Ende. Die laute Ölheizung im Zimmer und die Gitter vor den Fenstern – das wiederum war zuviel für sie. Ein Anruf ihrer Eltern aus Wolfenbüttel am gleichen Abend erlöste uns. Sie hatten eine Wohnung für uns. Die Schwester ihres Vaters, welche in Wolfenbüttel zwei Häuser neben ihm wohnte, war verstorben. Schwiegervater hatte die Absicht, diese Wohnung, eine Eigentumswohnung, als sein Erbanteil für uns zu übernehmen.

Wir brachen unsere Zelte in Baden-Württemberg ab und zogen nach Wolfenbüttel.

Anfang Mai 1990 begann meine Referendarausbildung zum Realschullehrer.

Was mir in Erinnerung bleibt, ist die erste Stunde im Pädagogikseminar. Mit etwa fünfzehn Absolventen einer Hochschule saß ich also im Seminarraum in der Schillstraße in Braunschweig. Außer mir hatte noch nie jemals einer vor einer Klasse gestanden. Ich dagegen bereits achtzehn Jahre lang, von denen ich fünfzehn als Klassenleiter tätig sein durfte. Nun betrat der Seminarleiter den Raum. Er begrüßte uns freundlich, beglückwünschte uns zur Entscheidung, Pädagogen werden zu wollen. Danach gab es Erklärungen und Hinweise zu Abläufen und Verfahren der Referendarausbildung. Schließlich stieg des Seminarleiter, augenscheinlich nur wenige Jahre älter als ich, in seine erste Aufgabe ein.

Nehmen Sie sich bitte einen Stift und teilen Sie Ihre Meinung zu folgender Aufgabe mit:

Stellen Sie sich vor, Sie befinden sich im Unterricht und Sie stellen fest, dass es im Unterrichtsraum zu dunkel geworden sein könnte. Wie reagieren Sie? a) Gehen Sie zum Lichtschalter und machen das Licht an? Oder b) Sie fragen, ob es der Klasse zu dunkel ist und das Licht eingeschaltet werden sollte? Oder c) Sie sagen einfach: Fritz, du sitzt ganz vorne am Lichtschalter. Mach mal das Licht an! Bitte entscheiden Sie sich für eine der drei Lösungen oder haben Sie noch eine vierte?

Mit dieser Aufgabenstellung brach in mir alle Hoffnung zusammen, dieses Seminar jemals erfolgreich beenden zu können, zu wollen. Wo war ich da gelandet? Wenn ich im Unterrichtsraum war und es zu dunkel wurde, dann hab ich, ohne nachzudenken über irgendwelche Bedingungen das Licht angeschaltet. Wobei ich unbedingt hinzufügen muss, dass der Seminarleiter für Pädagogik ein ausgesprochen sympathischer und kompetenter Mann war. Was sollte er auch machen, mit mir „altem Hasen" und den neuen „Spunden" von der Hochschule. Nein, natürlich verstand er mich und meine Situation und nahm mir jegliche Last ab, wie er nur konnte. Bestes Beispiel: Ein Mitglied unserer Seminargruppe hatte in Braunschweig eine Unterrichtsstunde zu halten. Wir Seminargruppenteilnehmer bekamen je zu zweit eine Beobachtungsaufgabe. Als alle außer mir eine Aufgabe erhalten hatten – blieb ich übrig. Der Seminarleiter sah mich an und meinte: Na gut, Herr T., Dann teilen wir beide uns eben diese letzte Aufgabe. Während der Vorführstunde beobachtete ich eifrig, machte mir Notizen. Nach der Stunde, zur Auswertung trugen alle ihre Ergebnisse vor. Zum Schluss fragte mich unser Seminarleiter: Und unsere Ergebnisse. Wollen Sie oder soll ich?

Ich gab ihm den Vortritt und löste damit höchstes Erstaunen bei meinen Seminaristinnen aus. So etwas hätten wir uns nie getraut!, erfuhr ich. Nein, mein/unser Seminarleiter war gut genug zu wissen, was in mir vorging. Dafür danke ich ihm noch heute!

Im November 1991 trat ich also meinen Dienst als Lehrer an der Wolfsburger Eichendorffschule an.

Täglich fuhr ich nun die zweiundsechzig Kilometer hin und die gleiche Strecke zurück.

Mit Beginn des neuen Schuljahres wurde ich Leiter einer der sechs fünften Klasse der Orientierungsstufe. Zwei Jahre später übernahm ich die Schüler aus meiner Sechsten, welche ab der Siebenten zur Realschule gingen. Hinzu kamen noch Schüler aus den Parallelklassen der sechsten Stufe. Diese nun führte ich bis zum Abschluss.

Zum Ende einer Schulzeit gehört nun mal auch eine zünftige Abschlussfahrt.

Ach, was ich diese hasste! Jeder Tag ein vierundzwanzig-Stunden-Dienst! Und die Eltern wünschen beim Abschied noch:"Einen schönen Urlaub!"

Nun hatte ich also erstmalig in Wolfsburg eine solche über sechs Tage vor mir. Mit zwanzig Schülerinnen und Schülern ging es nach München. Ich selbst war noch nicht in dieser Stadt, in die ich mich doch aber so sehr sehnte. Oscar Maria Graf – einer meiner Lieblingsschriftsteller stammte von Starnberg. Und natürlich war er in München gewesen! Meine Begleiterin war Sonja, die Mathelehrerin. Sie begleitete uns in die Jugendherberge nach Ebersberg.

Ihr verdankte ich viel während dieser Fahrt. Erstens konnte sie den Stadtplan lesen, konnte problemlos mit den Fahrplänen von S-und U-Bahn arbeiten und war überhaupt praktisch im Umgang mit Klassenfahrten. Und mit mir. Wenn ich mal unruhig wurde, ob der Verspätung einiger Schüler, gelang es ihr stets, mich zu beruhigen.

Natürlich hatten wir einen Ablaufplan für die Woche: Besuch des Viktualienmarktes einschließlich Stadtrundgang, Besuch der Bavaria-Studios, des Deutschen Museums, des Olympia-Geländes, des Englischen Gartens. Natürlich gab es auch genügend Freizeit. Einer der Höhepunkte gemeinsamen Treffens sollte der Besuch des Münchner Hofbräuhauses werden. Schließlich waren wir auf Abschlussfahrt! Gemeinsam fanden wir am Abend also in der weltberühmten Gaststätte in einer Ecke einen langen Tisch, an dem wir alle Platz fanden.Mein Hinweis: Je zwei Jungen dürfen sich eine Maß teilen. Die Mädchen tranken eh keinen Alkohol.

Nachdem wir eine Weile so dagesessen hatten und auf unsere Getränke warteten, kamen zwei Männer in Zivil auf uns zu und fragten nach dem Leiter der Gruppe. Sofort stellte ich mich vor. Dann erklärte mir der eine, dass es unter Achtzehnjährigen nicht gestattet sei, in diesem Lokal Bier zu trinken. Sofort entschuldigte ich mich für meine Unkenntnis. Die beiden Herren anerkannten dies, sagten, wir sollten uns das eine Bier gut schmecken lassen und dann wieder verschwinden. Was wir natürlich auch taten!

Am Montag, als wir wieder in Wolfsburg in der Schule waren und ich das Lehrerzimmer betrat, wurde ich natürlich von meinen Kollegen gefragt, wie es gewesen war und ob viel gesoffen wurde. Ich bestätigte den gelungenen Ausflug und versicherte, dass es mit Alkohol überhaupt keine Probleme gab. Zuerst wurde ich nur still angesehen, dann winkte der eine oder andere ab und meinte lachend: Da waren deine Schüler wohl so clever, dass du nichts mitbekommen hast!

Etwa zwei Jahre später nahm ich Luigi während eines Klassentreffens zur Seite und fragte ihn: Sag mal, damals in München zur Klassenfahrt, da habt ihr doch heimlich Alkohol getrunken. Eine Weile sah mich Luigi an, dann meinte er: Nein. Wir alle hatten uns vorgenommen, dir keine Schwierigkeiten zu machen. Und so haben wir uns gegenseitig daran erinnert.

Noch heute – und wohl auf immer und ewig – wird mich diese unglaubliche Aussage begleiten und beeindrucken. So glaube ich auch, dass ich den einzig richtigen Beruf gewählt hatte, den mein Vater mir vorgelebt hatte.

Mein besonderer Dank für die Hilfe bei der Fertigstellung des Buches gilt Roswitha Soechtig und Ines Weisheit.

Robert Tschöp

Geboren 1947 in Kurort Gohrisch bei Dresden.
1966 Abitur in Pirna
1966 – 1970 Studium Kunsterziehung/Deutsch an der Pädagogischen Hochschule Erfurt.
1988 Ausreiseantrag und Entlassung aus dem Schuldienst.
Arbeit als Hilfsgärtner im Katholischen Ursulinenkloster Erfurt.

Seit 1989 wohnhaft in Wolfenbüttel.
Nach eineinhalbjähriger Referendarzeit in Braunschweig von 1991 – 2010 Realschullehrer in Wolfsburg.
Jetzt im Ruhestand.

Veröffentlichungen

„Staatsaktion", ein Werdegang in 15 Episoden, erschienen bei Edition D.B. Erfurt 2004

„Zwiegespräch aus Monologen", Gedichte, erschienen bei Edition D.B. Erfurt 2005

„Der Fall Nathalie", die tragische Geschichte einer jungen Frau, erschienen bei dorise-Verlag Erfurt 2015

„Harrys Geheimnis", Erzählung, eine Journalistin auf der Suche nach dem Schicksal eines Mannes, erschienen 2019 bei BoD

Lesungen in Braunschweig, Friedrichroda, Burg, Erfurt, Leipzig (Buchmesse), Kurort Gohrisch

Bilderausstellungen (Aquarelle, Grafiken, Zeichnungen) in Wolfsburg, Wolfenbüttel, Schöppenstedt, Kurort Gohrisch

In 22 chronologisch gereihten Episoden beschreibt der Autor Robert Tschöp seinen Werdegang in mal humorvollen, mal tragischen Erinnerungen an die nicht immer leichte Kindheit, an die ihn prägenden Erlebnisse während der beschwerlichen Abiturzeit, über die befreienden Jahre als Student in Erfurt bis hin zu den vielschichtigen Ereignissen in seiner vierzigjährigen Lehrertätigkeit.